Ulrich Woelk

Der Sommer meiner Mutter

Ulrich Woelk

Der Sommer meiner Mutter

Roman

3. Auflage. 2019

© Verlag C.H.Beck oHG, München 2019
Umschlaggestaltung: Rothfos & Gabler, Hamburg
unter Verwendung eines Motives von plainpicture
(Karsten Nijhof)
Satz: Fotosatz Amann, Memmingen
Druck und Bindung: GGP Media GmbH, Pößneck
Gedruckt auf säurefreiem, alterungsbeständigem
Papier
(hergestellt aus chlorfrei gebleichtem Zellstoff)
Printed in Germany
ISBN 978 3 406 73449 6

www.chbeck.de

Fly me to the moon,

Let me play among the stars.
Let me see what spring is like
On Jupiter and Mars.
In other words, hold my hand.
In other words, darling, kiss me.

Bart Howard, gesungen u. a. von Doris Day

1
Am Stadtrand

Im Sommer 1969, ein paar Wochen nach der ersten bemannten Mondlandung, nahm sich meine Mutter das Leben.

Wir wohnten in einem Ort am Stadtrand von Köln, dessen einst dörfliche, landwirtschaftlich geprägte Struktur damals noch erkennbar war. Um eine kleine romanische Kirche und eine neuere, größere aus Backstein scharten sich zum Rhein hin sieben oder acht enge Gassen mit niedrigen Fachwerkhäusern. Manchmal, wenn der Wind von Westen oder Südwesten wehte, konnte ich in meinem Zimmer die Kähne auf dem Rhein tuckern hören. Dem Flussbett vorgelagert waren zwei schmale Weiher mit unbefestigten Ufern, die sich aus alten Rheinarmen gebildet hatten und im Frühjahr regelmäßig überschwemmt wurden.

In der etwas höheren Ebene, die das Dorf umgab, lagen ein paar Höfe. Im Sommer leuchteten die weiten Felder hellgelb von dem angebauten Getreide. In den Fünfzigerjahren hatte man damit begonnen, die Wege zwischen den Feldern zu verbreitern und die Äcker zu Bauland zu erklären. Sie wurden parzelliert und mit Einfamilienhäusern bebaut. Unseres stammte aus dem Jahr 1964. Es war ein modernes Haus mit angebauter Doppelgarage und einer großen Panorama-Fensterfront zum Garten.

Mein Vater war Ingenieur und hatte ganz auf die neueste Bautechnik gesetzt: große, helle Fenster aus Doppelglas, weiße Schleiflacktüren, grau lackierte Metallzargen und ein vierzig oder fünfzig Zentimeter tiefer Konvektorschacht vor der Glasfront zur Terrasse, der mit begehbaren Messinggittern abgedeckt war.

Es gefiel meinem Vater in den ersten Jahren, die wir dort wohnten, zu Besuch gekommenen Freunden und Gästen die Wirkungsweise des Schachts zu erklären. Der unter den Boden abgesenkte Heizkörper gewährleistete eine optimale Wärmezirkulation im Raum und löste das Problem der Fußkälte durch große Fensterflächen, ohne dabei den Blick in den Garten zu verstellen.

Auch die Küche entsprach den neuesten Standards. Die kratzfeste Arbeitsfläche aus hellblauem Kunststoff wurde von langen Neonröhren unter den Hängeschränken beleuchtet. Und wenn meine Mutter kochte, rauschte über den Töpfen stets die Metallfilter-Abzugshaube mit zusätzlicher UV-Dunstreinigung. Ich fand das bläuliche Schimmern, das von ihr ausging, immer sehr geheimnisvoll, weil ich nicht wusste, wozu es gut war. Wenn meine Mutter kochte, war es immer, als agiere sie in einem Cockpit.

Alles in allem war unser Leben mit Waschbetonterrasse, Zentralheizung und Doppelgaragenanbau wie der Einzug einer neuen Zeit in die Welt der katholischen Bauern mit ihren nach Kuhmist riechenden Höfen, den Weizenfeldern und den verwitterten Holzscheunen, in denen sich im Herbst die Strohballen stapelten.

Wir waren Vorreiter, und am deutlichsten war das beim Einkaufen zu spüren. Was es im Dorf gab, reichte aus, um die elementaren Bedürfnisse zu befriedigen. Brot kauften wir beim Bäcker, Fleisch in der Metzgerei. Für Papier und Schreibzeug gab es einen Gemischtwarenladen, und irgendwann siedelte sich sogar ein Elektrogeschäft mit Toastern und Wasserkochern an. Aber für alles, was darüber hinausging, mussten wir «in die Stadt» fahren, wie wir dann sagten. So war es zum Beispiel völlig unmöglich, im Dorf eine Jeans zu kaufen, aber zu meinem elften Geburtstag im März 1969 bestand ich darauf, eine zu bekommen.

Was Kleidung anging, waren meine Eltern nicht so modern. Meine Mutter trug im Alltag sandfarbene Wollröcke und gestärkte helle Blusen. Für besondere Anlässe wie Einladungen oder Behördengänge hatte sie Jackenkleider in gedeckten Farben, Rosa oder Hellgrün. Gegen den Wind schützte sie die gefestigten Wellen ihrer toupierten Frisur mit seidenen Kopftüchern, und bei Regen trug sie einige Jahre lang ein glänzendes, violettes Nyloncape.

Auch für mich hatte sie immer alle Sachen ausgesucht. Im Sommer trug ich karierte Hemden und kurze Hosen, im Winter Nickis und Stoffhosen mit Bügelfalte. Bei festlichen Gelegenheiten band sie mir eine schmale Krawatte mit Gummizug um. Ich hatte mir nie Gedanken über meine Kleidung gemacht, und es war auch für mich neu, eine ganz bestimmte Hose haben zu wollen. Nie zuvor war ich auf die Idee gekommen, mir zum Geburtstag etwas zum Anziehen zu wünschen. Meine Mutter hatte aber nichts dagegen, dass ich eine Jeans bekam. Also mussten wir «in die Stadt».

In der Schule hatte sich herumgesprochen, dass in der Nähe des Kölner Doms ein Laden aufgemacht hatte, der ausschließlich amerikanische Bluejeans führte und sich auch nicht Laden, sondern *Store* nannte, was ich noch nie gehört hatte. Auf jeden Fall musste jeder, der in meiner Klasse etwas auf sich hielt, in den Besitz einer Jeans aus diesem *Store* kommen.

«In die Stadt» fuhren wir immer mit der Straßenbahn. Sie zwängte sich durch die Vororte und stand oft im Stau. Ich vertrieb mir dann die Zeit damit, die großen Werbeplakate an den Straßenrändern und Haltestellen zu betrachten. Am liebsten mochte ich die Zigarettenreklamen, besonders die für Camel-Filter und das HB-Männchen.

Als wir den *Store* betraten, war ich überwältigt. Es war, als öffnete sich vor mir eine neue Welt. Die Bekleidungsgeschäfte, in denen ich bisher meine Hemden, Hosen und Pullover bekommen hatte, waren sehr eng gewesen. Die Kleidungsstücke wurden aus Pappschachteln genommen und lustlos vor einem ausgebreitet. Beim zweiten oder spätestens dritten Modell musste man sich dann entscheiden.

Wie anders hier! Anstatt von einer strengen Verkäuferin hinter einem Tresen zu dem gewünschten Kleidungsstück und der Konfektionsgröße befragt zu werden, konnte man sich in dem großen, hellen Verkaufsraum frei bewegen. In meterlangen Regalen stapelten sich Jeans in allen nur denkbaren Größen und Schnitten, und vor den Umkleidekabinen mit schwenkbaren Saloontüren herrschte ein aufgeregtes Gewusel.

Auch meine Mutter wirkte sichtlich überrascht. Ich spürte aber auch, dass ihr Staunen mit Skepsis vermischt war, weil sie nicht wusste, wie man sich in dem riesigen Angebot von Hosen zurechtfinden sollte. Sie stand einen Moment lang ratlos da, bis die Chefin oder Chefverkäuferin lächelnd auf uns zukam und uns das Ordnungssystem in den Regalen erklärte. Die Hosen waren nicht nach Konfektionsgrößen, sondern nach Umfang und Länge sortiert. Außerdem standen verschiedene Marken und Schnitte zur Auswahl, entweder mit geradem Bein oder unterhalb des Knies ausgestellt, wie es jetzt Mode sei, sagte sie.

Wir suchten uns ein paar Hosen zusammen und warteten, bis eine der Umkleidekabinen frei wurde. Ich zwängte mich nacheinander in die Jeans. Ich hatte gehört, sie müssten so eng sitzen, als seien sie am Körper getrocknet. Als Marken standen Wrangler und Levi's zur Auswahl. Die Meinungen darüber, welche von beiden man haben musste, gingen auseinander. Ältere Geschwisterkinder meiner Freunde verbanden bestimmte Jeans mit englischen Sängern oder Bands, aber diese Musik hörten wir noch nicht. Ich zog mal eine Wrangler an, mal eine Levi's. Ich fand es gar nicht so leicht, sie voneinander zu unterscheiden.

Immer wieder verließ ich die Kabine, um mich in einem der großen Spiegel zu betrachten. Einmal fiel mein Blick dabei auf meine Mutter. Sie stand ein paar Meter von mir entfernt vor einem Regal und dachte über irgendetwas nach. Ich fragte mich, worüber, denn die Hosen dort waren für mich zu groß. Schließlich zog sie eine Jeans aus dem Stapel und kam auf mich zu.

«Was meinst du?», sagte sie. «Ich könnte ja auch einmal eine ausprobieren.»

Ihre Frage verwirrte mich. Bis zu diesem Zeitpunkt hatte ich mir noch nie Gedanken über die Kleidung meiner Mutter gemacht. Ich hatte mir ja noch nicht einmal Gedanken über meine eigene Kleidung gemacht. Noch vor wenigen Monaten hatte ich widerspruchslos alles getragen, was meine Mutter mir gekauft hatte. Auf einmal ihr Ratgeber in Bekleidungsfragen zu sein, passte nicht in unser Verhältnis.

Außerdem gefiel mir die Vorstellung nicht, sie könnte tatsächlich eine Jeans tragen. Ich kannte sie nur in Röcken und Blusen – und nicht nur sie. Genau genommen hatte ich noch nie einen Erwachsenen im familiären Umfeld meiner Eltern oder in ihrem Freundeskreis in Jeans gesehen.

Jeans waren keine Hosen für Erwachsene, wie ich sie kannte – und ich wollte auch, dass das so blieb. Wenn wir, meine Freunde und ich, eine Jeans haben wollten, dann nicht, weil die Erwachsenen sie trugen, sondern weil sie sie *nicht* trugen.

Von der Frage meiner Mutter überrumpelt, sagte ich nur: «Ja, warum denn nicht.»

Sie nickte und verschwand mit der Hose in der Umkleidekabine. Ich war nicht glücklich über diese Entwicklung. Wir waren hierhergekommen, um eine Hose *für mich* zu kaufen, nicht für sie. Außerdem konnte ich mir meine Mutter in Jeans nicht vorstellen. Aber es war nichts daran zu ändern, und ich wartete.

Als sie aus der Kabine kam, war der Anblick sonderbar. Die Frau, die vor mir stand, war unzweifelhaft meine Mutter, doch irgendwie war sie es auch nicht. Die Jeans schien aus ihr eine andere Person zu machen. Sie glich auf einmal der Verkäuferin, die so anders war und auftrat als sie.

«Nun? Findest du, dass mir eine Jeans steht?»

Wie hätte ich diese Frage beantworten sollen? Es war so, als hätte sie mich aufgefordert, mich zwischen ihr und einer anderen Person als Mutter zu entscheiden. Doch das wollte ich nicht. Ich wollte, dass sie die war und blieb, die ich kannte, seit ich denken konnte: eine verlässliche Versorgungsinstanz, die immer und zu jeder Zeit bereit war, für mich und mein Wohl alles stehen und liegen zu lassen. Als sie in Jeans vor mir stand, den Stoff der Bluse hochgerafft, damit auch der Bund zu sehen war, ahnte ich zum ersten Mal, dass ihr Wesen Seiten hatte, die mir unbekannt waren.

Offenbar war sie fasziniert von dem Gedanken, eine Jeans zu tragen, und zugleich schien sie davor zurückzuschrecken. Jedenfalls war ihr meine Meinung dazu wichtig, aber ich blieb stumm. Zum Glück war die Ladenbesitzerin oder Chefverkäuferin sogleich zur Stelle. Sie hatte die Situation im Auge behalten und näherte sich meiner Mutter mit einem freudigen Gesichtsausdruck.

«Diese Jeans steht Ihnen ja ganz fantastisch! Sie haben die ideale Figur dafür, wenn ich Ihnen das so direkt sagen darf. Sie sind der perfekte Frauentyp für eine Jeans!»

Ein Lächeln huschte über das Gesicht meiner Mutter. «Meinen Sie wirklich? Bin ich denn dafür nicht viel zu alt?»

«Iwo! Wieso soll eine Frau mit ... achtundzwanzig?, neunundzwanzig? ... denn keine Jeans tragen dürfen!?»

«Ich werde in diesem Jahr achtunddreißig.»

«Nein!», rief die Ladenbesitzerin aus. «Also das hätte ich jetzt nicht für möglich gehalten! Das ist ja kaum zu glauben, aber ich sage Ihnen etwas: Gerade in *dem* Fall rate ich Ihnen umso mehr zu der Jeans. Sie betont Ihren jugendlichen Typus! Und im Übrigen bin ich sowieso der Meinung, dass man eine Jeans in jedem Alter tragen kann. Wissen Sie, bei uns hat sich das noch nicht durchgesetzt, aber in Amerika ist das völlig normal.»

Meine Mutter stellte sich noch einmal vor den Spiegel und betrachtete sich von allen Seiten. Verglichen mit vielen anderen Müttern, die ich kannte, war sie wirklich sehr schlank.

Ein paar Sekunden lang rang sie mit sich, und dann sagte sie: «Ich weiß nicht ... Ich glaube, so eine Hose ist dann doch nichts für mich. Ich bin ja eigentlich auch mit meinem Jungen hier. Was meinen Sie, haben wir für ihn die richtige Größe gefunden?»

Die Verkäuferin hob ein wenig bedauernd die Augenbrauen und wandte sich dann mir zu. Während meine Mutter sich umzog, half sie mir bei der Entscheidung zwischen den verschiedenen Marken und Schnitten. Ich entschied mich für eine Levi's, weil ich bemerkt hatte, dass die Verkäuferin eine trug.

Bei der Rückfahrt blickte meine Mutter aus dem Fenster der Straßenbahn. Es kam selten vor, dass wir uns über etwas unterhielten, das sie betraf. Eigentlich kam es gar nicht vor. Sonst hätte ich sie vielleicht gefragt, was sie beschäftigte. Ich sah sie eine Weile an, und nicht einmal das bemerkte sie. Ihre Augen waren ohne Aufmerksamkeit auf die niedrigen Vorortfassaden gerichtet, die im Fenster vorüberzogen. Vielleicht fragte sie sich, ob sie nicht doch eine Jeans hätte kaufen sollen. Wir sprachen nicht mehr darüber.

Abends saß ich mit meinem Vater vor dem Fernseher. Eigentlich durfte ich an Wochentagen nach sechs Uhr abends nicht mehr fernsehen, aber mein Vater verfolgte mit großem Interesse die Sondersendungen über das amerikanische Apollo-Mondlandeprogramm und hatte nichts dagegen, dass ich mich ebenso dafür interessierte. Ich war im Weltraumfieber. Es war etwas, das wir gemeinsam hatten, und das gefiel uns beiden.

Im Winter waren mit Apollo 8 zum ersten Mal Menschen um den Mond geflogen, dessen Rückseite noch niemand zuvor je zu Gesicht bekommen hatte. Ich konnte von den Bildern mit den Kratern und kantigen Höhenzügen gar nicht genug kriegen. Und vor zwei Tagen war Apollo 9 gestartet, um in einer Erdumlaufbahn die Mondfähre zu testen, die im Sommer mit zwei Astronauten an Bord auf dem Mond landen sollte. Die Fähre sah gar nicht wie ein Raumschiff aus, sondern wie der Kopf eines Insekts.

In der Sondersendung wurden die komplizierten Details der Apollo-9-Mission erläutert. Zeichnungen demonstrierten, wie die Mondfähre aus dem Innern der Rakete in den Weltraum schweben würde, und Schautafeln stellten schematisch die schwierigen Steuerungsmanöver dar, um Apollo-Kapsel und Fähre aneinanderzukoppeln. Bei einer Geschwindigkeit von 28 000 Stundenkilometern musste eine millimetergenaue Präzision der Flugbahnen erreicht werden. Aber es sah gut aus. Die Antriebsdüsen der Mondfähre funktionierten perfekt.

«Das Jeansgeschäft, in dem ich heute mit Mama war, ist riesengroß», sagte ich.

«Und hast du eine Hose gefunden, die dir gefällt?», fragte mein Vater, ohne den Blick vom Bildschirm zu wenden.

«Ja, aber ich bekomme sie erst am Geburtstag.»

«Das sind ja nur noch ein paar Tage.»

«Es gibt auch Jeans für Erwachsene», sagte ich.

«Ich weiß. Ursprünglich waren es Arbeiterhosen.»

«Mama hat auch eine angezogen.»

Jetzt wandte mein Vater den Blick vom Bildschirm und sah mich an. «Ach ja? Eine Jeans? Wieso das denn?»

«Die Verkäuferin meinte, sie würde ihr sehr gut stehen», erzählte ich ihm. «Sie kannte sich gut aus.»

Mein Vater dachte kurz über meine Bemerkung nach und sah mich dann so an, wie er es immer tat, wenn er mir etwas Wichtiges beibrachte. «Weißt du, es ist gar nicht überraschend, dass die Verkäuferin das gesagt hat. Es ist ihr Beruf, Hosen zu verkaufen, und deswegen sagt sie jedem, der in ihr Geschäft kommt, wie gut er in ihrer Ware aussieht. Sie sagt es auch, wenn es nicht stimmt oder offensichtlich Unsinn ist wie bei deiner Mutter. Das wirst du eines Tages lernen, auch wenn es keine sehr schöne Lektion ist: Die Menschen sagen einem nicht immer die Wahrheit. Meistens sagen sie einem das, was ihnen nützt.»

Ich nickte. Natürlich hatte ich das nicht bedacht. Wie sollte ich auch – mit zehn, nun ja, in ein paar Tagen mit elf Jahren? Meine Eltern, und ganz besonders mein Vater, hatten mir beigebracht, stets die Wahrheit zu sagen, und deswegen nahm ich an, dass auch Erwachsene das immer taten. Dass er mir nun erklärte, dass sich Erwachsene in manchen Situationen nicht an die Wahrheit hielten, widersprach dem und irritierte mich.

Auf einmal glaubte ich die Verunsicherung meiner Mutter vor dem Spiegel zu verstehen. Sie hatte sich offenbar gefragt, ob die Verkäuferin ihr die Wahrheit sagte. Vielleicht hätte sie das sogar gerne geglaubt, aber dann hatte sie sich gegen den Kauf einer Jeans entschieden.

Es war wie so oft: Durch meine Mutter erlebte ich die Dinge, und mein Vater erklärte sie mir.

Wir wandten uns wieder dem Fernseher zu und den Schwierigkeiten des Kopplungsmanövers zwischen Fähre und Mutterschiff.

2
Neue Nachbarn

Das Haus links neben unserem war das älteste in der Straße. Es war ein Einzelstück aus den Dreißigerjahren, aus der Zeit vor der aktuellen Besiedlungs- und Bebauungswelle. Das Haus wurde von Herrn Fahlheim bewohnt, einem alten Mann mit drahtigen, grauen Haaren, den man fast nie zu Gesicht bekam. Er pflegte keine Beziehungen zur Nachbarschaft, und umgekehrt bemühte sich auch niemand darum. Manchmal sah man ihn im Garten Unkraut zupfen, aber er grüßte nie und suchte auch keinen Blickkontakt. Er war mir unheimlich.

An einem grauen Tag im Herbst '68 hielt ein Krankenwagen mit laufendem Blaulicht vor seinem Haus. Es dauerte eine Weile, bis die Sanitäter mit einer Bahre wieder herauskamen. Der Körper von Herrn Fahlheim – ein anderer konnte es nicht sein – war mit einem weißen Tuch abgedeckt. Irgendwann hieß es in der Nachbarschaft, er sei schon seit einigen Tagen tot gewesen. Endgültig geklärt wurde die Sache nie, ebenso wenig wie die Frage, wer Herrn Fahlheim eigentlich gefunden und den Rettungswagen alarmiert hatte. Niemand schien sich dafür zu interessieren. Ich hatte sogar das Gefühl, dass viele – auch meine Eltern – erleichtert waren, dass Herr Fahlheim nun nicht mehr da war.

Irgendwann wurden die Möbel aus dem Haus geholt. Meine Eltern nahmen an, dass es verkauft werden würde. Meine Mutter erzählte irgendwann, sie habe drei Personen das Haus betreten sehen, einen älteren Herrn, vielleicht ein Makler, und einen Mann und eine Frau, von denen sie annahm, es könnte sich um ein am Kauf des Hauses interessiertes Ehepaar gehandelt haben. Mehr tat sich bis zu meinem Geburtstag nicht.

Mein Vater kümmerte sich in seiner Freizeit um den Garten. Er ging als Ingenieur an die Sache heran. Letztlich, so hatte er mir schon früh beigebracht, seien auch Pflanzen und Lebewesen nichts als sehr komplizierte Mechanismen, die – wie von Menschenhand erschaffene Maschinen auch – der regelmäßigen Wartung und Pflege bedurften.

Im hinteren Teil unseres Gartens standen ein Apfel- und ein Kirschbaum. Als es Mitte März ungewöhnlich warm wurde, nahm sich mein Vater vor, die Bäume wie jedes Jahr mit einem Pflanzenschutzmittel gegen Schädlingsbefall zu spritzen. Er verwendete dazu eine gelbe Druckflasche, die wie alle Gartengeräte im hinteren Teil der Garage stand. Mein Vater füllte die Flasche mit einer Mischung aus Wasser und E605, schnallte sie sich mit zwei Trageriemen auf den Rücken und schraubte den Zerstäuber an das Spritzrohr.

Wir gingen zusammen in den Garten. Es gefiel mir, ihm dabei zuzusehen, wie er die Bäume gegen die Schädlinge einnebelte, von deren rätselhaften Namen ich mir sogar einige gemerkt hatte: Schild- und Schmierläuse oder Frostspanner, Spinnmilben und Pflaumenwickler.

Mein Vater richtete das lange, dünne Rohr mit dem Pistolengriff am einen und dem Zerstäuber am anderen Ende auf den Apfelbaum und öffnete das Ventil. Er stand mitten in dem leuchtenden Sprühnebel, als nebenan, im ehemaligen Garten von Herrn Fahlheim, eine Frau erschien, die ich noch nie gesehen hatte. Sie näherte sich dem Zaun und blieb auf unserer Höhe stehen.

Sie betrachtete meinen Vater eine Weile, so wie man jemanden ansieht in der Erwartung, dass er den Blick vielleicht bemerkt. Mein Vater war aber zu beschäftigt und konzentriert, und irgendwann entdeckte die Frau mich. Ein Lächeln erschien auf ihrem Gesicht, und sie winkte. Sie war etwas größer als meine Mutter und schien auch etwas jünger zu sein.

Ich konnte ihr Alter aber nicht genau einschätzen. Ich unterschied in meiner Wahrnehmung nur zwischen Kindern und Erwachsenen, und in diesem System war sie eine Erwachsene. Das Einzige, was nicht in dieses Schema passte, war ihre Kleidung. Sie trug eine Jeans und darüber eine luftige, bunte Bluse, um die sie einen breiten Ledergürtel geschlungen hatte. Sie war offenbar eine Erwachsene wie die Verkäuferin in dem Jeans-*Store*, aber eigentlich gab es solche Erwachsenen in unserer Nachbarschaft nicht.

Ich winkte verhalten zurück, ich kannte sie ja nicht. Mein Vater stellte die Spritze ab, er war mit dem Apfelbaum fertig. Die Äste tropften und glänzten feucht im Sonnenlicht, und er wandte sich dem Kirschbaum zu. Dabei fiel sein Blick auf die Frau im Nachbargarten. Sie schien erfreut darüber, dass er sie nun wahrnahm, und winkte auch ihm zu.

«Hallo!», rief sie. «Darf ich mich vorstellen? Wir sind die neuen Nachbarn, mein Mann und ich.»

Mein Vater ging zum Gartenzaun.

«Freut mich, Sie kennenzulernen.»

Sie streckte die Hand über den Zaun. «Uschi Leinhard. Ich hoffe, ich störe Sie nicht.»

Er gab ihr die Hand. «Aber nein. Walter Ahrens.»

«Wir ziehen am Monatsende ein.»

«Sehr gut. Das Haus stand fast ein halbes Jahr leer.»

«Wir haben eine Weile gesucht», sagte sie, «und hier, finden wir, ist es ideal. So ruhig, aber doch gut angebunden.»

«Die Gegend entwickelt sich.»

«Ich mag es ländlich.» Dann winkte sie mir noch einmal zu. «Und du bist?»

Ich ging zum Zaun und stellte mich vor.

«Tobias», nickte sie. «Das ist ein schöner Name.»

«Alle sagen Tobi zu mir.»

«Darf ich dich auch Tobi nennen?»

Ich nickte. Ich mochte sie, sie wirkte fröhlich und neugierig. Mein Vater zog seine Arme aus den Trageriemen der Druckflasche und setzte sie auf den Boden.

«Die sieht ja richtig fachmännisch aus», sagte unsere neue Nachbarin.

«Ich ziehe gerade gegen Schädlinge zu Felde.»

«Ich verstehe nicht das Geringste vom Gärtnern. Aber jetzt, wo wir ein Haus haben, werde ich mich damit natürlich befassen. Vielleicht können Sie mir sogar den einen oder anderen Tipp geben.»

«So einen Insektizidzerstäuber werden Sie brauchen. Das Prinzip ist einfach. Man pumpt zur Druckerzeugung Luft in die Flasche wie in einen Fahrradreifen. Natürlich könnte man den zum Sprühen notwendigen Druck auch elektrisch erzeugen, aber für zwei Obstbäume würde sich die Ausgabe für eine Elektropumpe nicht lohnen.»

«Sie kennen sich wirklich gut aus», sagte sie. «Gibt es hier viele Schädlinge?»

«Am schlimmsten sind Milben und Läuse. Die waren früher für ganze Ernteausfälle und Hungersnöte verantwortlich, aber heutzutage – zehn Minuten sprühen, und schon rieseln sie wie Schnee von den Ästen. Bäume sind wie Maschinen. Alles nur eine Frage des richtigen Werkzeugs – in diesem Fall Insektizide. Ich bin Ingenieur.»

«Großartig», sagte sie. «Dann können Sie im Haus ja auch alles selber machen.» Sie strich sich eine Strähne hinters Ohr. Ihre hellblonden Haare waren glatt, schulterlang und an den Spitzen nach außen gewellt. Im Gegensatz zu den gefestigten Haaren meiner Mutter konnten sie frei hin und her schwingen, wenn sie den Kopf bewegte. Der Pony fiel bis auf ihre Augenbrauen.

«Die Zeit finde ich dann doch nicht», schränkte mein Vater ein. «Aber grundsätzlich verstehe ich natürlich etwas von technischen Dingen.»

Sie kniff schelmisch die Augen zusammen. «Vielleicht hätten Sie mir das nicht verraten sollen. Wahrscheinlich komme ich dauernd mit irgendwelchen Problemen zu Ihnen. Unser Haus ist alt.»

«Nur zu.»

«Wir werden ein paar Räume renovieren, bevor wir einziehen. Am Montag beginnen die Maler mit den Wänden. Und ein Installateur erneuert das Bad.» Sie machte eine kurze Pause. «Ich hätte übrigens wirklich eine Bitte, aber es ist mir doch sehr unangenehm, Sie gleich nach zehn Minuten damit zu überfallen. Das Problem ist, dass mein Mann nicht da ist, er kommt erst in ein paar Tagen von einer Dienstreise zurück.»

«Ich helfe Ihnen gern», sagte mein Vater. «Worum geht es denn?»

«Man muss die Handwerker ja bei Laune halten, und deswegen habe ich ein paar Kästen Bier gekauft, die ins Haus sollen. Der Ladenbesitzer war so freundlich, sie mir in den Kofferraum und auf den Rücksitz meines Wagens zu tragen. Der Volvo, der in der Einfahrt steht.»

«Ich komme», sagte mein Vater.

Sie strahlte ihn dankbar an. «Die Einfahrt ist offen.»

Die Hilfsbereitschaft meines Vaters gegenüber dieser Frau, die er gerade erst kennengelernt hatte, beeindruckte mich und machte mich nachdenklich. Ich wollte einmal so werden wie er, aber nach dem, was ich soeben erlebt hatte, konnte ich mir das nur schwer vorstellen. In der Jungenwelt, in der ich lebte, kamen Mädchen eigentlich nicht vor, und wenn, dann allerhöchstens als Störfaktor.

Manchmal dachte ich, dass wir nicht wussten, wie Mädchen wirklich waren, doch das behielt ich für mich. Ich konnte mich noch daran erinnern, dass ich einmal gerne mit Mädchen zusammen gewesen war. Aber irgendwann hatte sich das verloren – warum, wusste ich nicht, es hörte einfach auf. Dabei mochte ich bestimmte Jungendinge wie Raufen oder Weitpinkeln nicht einmal. Ich war offenbar – so hatte ich meine Eltern einmal reden hören – ein stilles, nachdenkliches Kind. Ob das gut war, wusste ich ebenfalls nicht. Wenn ich mit meinen Freunden zusammen war, versuchte ich so zu sein wie sie.

Ich ging ins Haus. Meine Mutter stand vor dem Küchenfenster, von dem aus man den Volvo sehen konnte. Mein Vater hievte gerade eine der Bierkisten aus dem Kofferraum. Ich erzählte meiner Mutter, was vorgefallen war.

Sie nickte und sagte nach ein paar Sekunden: «Gut, wenn das Haus nicht mehr leer steht.» Sie fuhr fort, das

Geschirr vom Mittag abzuwaschen. «Du kannst dir ein Handtuch nehmen und abtrocknen.»

Darum bat sie mich selten. Plötzlich freute ich mich darüber und zog das Handtuch vom Halter. Ich kam mir auf einmal wie mein Vater vor, weil ich ihr half.

An den Wochenenden durfte ich länger aufbleiben. Es gab an diesem Abend keine Sondersendung zur Raumfahrt, Apollo 9 war nach dem Abschluss aller Tests am Donnerstag im Pazifik gelandet. Der nächste Flug, der von Apollo 10, würde erst im Mai stattfinden

Ich ging in mein Zimmer. Auf dem Tisch, an dem ich meine Schularbeiten machte, stand das Modell einer Saturn-V-Rakete im Maßstab 1:150, ein Weihnachtsgeschenk. Sie war siebzig Zentimeter hoch. Ich hatte sie in den Winterferien aus einem Bausatz zusammengebastelt. Am schwierigsten war die Befestigung der kegelförmigen Triebwerke gewesen, die nur über dünne Leitungen mit dem Rumpf der Rakete verbunden waren. Mein Vater hatte mir dabei geholfen.

Die fünf Düsen waren wie die fünf Punkte auf einem Würfel angeordnet, und jede einzelne, sagte er, sei in Wirklichkeit größer als mein Zimmer. Das machte einen starken Eindruck auf mich. Wenn ich im Bett lag, dachte ich oft daran. Mein Zimmer hätte in der Düse einer Saturn-V-Rakete Platz gefunden! Es hätte eigentlich mitfliegen können!

An meinem Bett stand ein Transistorradio. Es war kleiner als ein Buch und hatte eine ausziehbare Antenne. Auf den Kurz- und Langwellenbändern fanden sich Sendungen in Sprachen, die ich nicht kannte, oder auf Deutsch, aber dann kamen sie aus anderen Ländern, aus Moskau oder London oder Peking. Die Frequenz stellte man an einem geriffelten Rädchen ein, und dabei wanderte in einem schmalen Sichtfenster ein roter Balken über die Ätherskala.

Wenn ich im Bett lag und einschlafen sollte, drückte ich unter der Bettdecke oft das Radio an mein Ohr. Das Gehäuse war aus hellbraunem Plastik mit einem gelochten Bereich für den Lautsprecher. Es gefiel mir, den fernen Stimmen im an- und abschwellenden Rauschen des Äthers zu lauschen.

Am Abend des Tages, an dem mein Vater Frau Leinhard kennengelernt hatte, fing ich eine deutschsprachige Sendung auf, die aus London kam. Ein Raumfahrtexperte wurde befragt, ob beim Flug von Apollo 10 im Mai schon mit einer Landung auf dem Mond zu rechnen sei. Oh, das musste ich hören – eine Mondlandung vielleicht schon im Mai!

Technisch, so erfuhr ich, wäre eine Landung beim nächsten Flug möglich. Die NASA hatte alle Komponenten und Module des Apollo-Programms nun getestet. Während die verschiedenen Aspekte einer vorgezogenen Landung zur Sprache kamen, wurde der Ton immer leiser. Es lag an den Batterien – und das ausgerechnet bei dieser so ungemein spannenden Frage.

Ich wusste, dass wir in einer Küchenschublade einen Vorrat an Batterien hatten. Allerdings sahen es meine Eltern nicht gern, wenn ich nach dem Zubettgehen noch einmal unten auftauchte. Ich nahm aber an, dass sie vor dem Fernseher saßen und es möglich sein müsste, unbemerkt in die Küche zu gelangen.

So leise wie möglich öffnete ich meine Zimmertür und

musste sogleich feststellen, dass ich mich geirrt hatte. Meine Eltern saßen nicht vor dem Fernseher, sondern ich hörte sie in ihrem Schlafzimmer miteinander reden. Die Tür war nur angelehnt, und ich konnte jedes Wort verstehen. Gerade sprach meine Mutter.

«Warum kannst du es nicht einfach respektieren?»

«Ich respektiere es ja.»

«Nein. Du bedrängst mich.»

«Darf ich nicht sagen, was ich will?»

«Das setzt mich unter Druck.»

«Es ist das, was ich möchte.»

«Und ich möchte es nicht so oft», sagte meine Mutter.

«Aber du möchtest es *gar nicht*», sagte mein Vater.

«Woher willst du das wissen?», erwiderte sie.

«Immer wenn ich in der Stimmung bin, bist du es nicht», sagte er. «Irgendetwas stimmt nie: Du bist zu müde, du hattest einen anstrengenden Tag, du hast deine Regel, du hast Schmerzen da unten, es ist nicht romantisch genug, ich bin zu fordernd ... Herrje, Eva, was soll ich tun? Sag es mir. Soll ich auf die Knie fallen und dich darum anbetteln? Ist es das, was du willst?»

«Ich habe es gesagt. Ich will, dass du mich und meine Wünsche respektierst.»

«Aber das tue ich doch.»

«Worüber reden wir dann?»

«Ich nehme Rücksicht. Ich frage, wie es dir geht.»

«Und ich sage es dir.»

«Andere Männer diskutieren im Schlafzimmer nicht lange. Sie denken, dass es ihnen zusteht.»

«Und denkst du das auch?»

«Viele Frauen wollen das so.»

«Ich bitte dich! Das ist es, was ihr Männer glauben wollt!»

«Ich sage ja nicht, dass *ich* es so will. Ich möchte, dass du es auch willst. Wie lange soll ich denn warten?»

Nach einer kurzen Pause sagte meine Mutter: «Denkst du, mit der neuen Nachbarin wäre es einfacher?»

«Was soll das jetzt, Eva?»

«Es war nur eine Frage.»

«Aber eine sinnlose. Ich habe ihr geholfen, na und.»

Sie schwieg wieder eine Weile. «Denkst du das bei jeder Frau? Hätte ich doch *die*. Dann würde ich bekommen, was mir *zusteht*.»

«Das habe ich nicht gesagt.»

«Aber du denkst es.»

«Warum reden wir überhaupt?», sagte er und setzte nach einer kurzen Pause hinzu: «Es ist ein Wunder, dass wir wenigstens *ein* Kind haben.»

Meine Mutter senkte ihre Stimme. Sie konnte annehmen, dass ich schlief, aber vielleicht hatte sie Angst, dass ich es in meinen Träumen – oder Albträumen – spüren würde, wenn von mir die Rede war.

«Lass Tobi da raus!»

«Wir hätten mehr Kinder haben können! Zwei, drei, vier – wie andere Ehepaare auch!»

«Ich lasse mich nicht erpressen.»

«Ich will dich nicht erpressen. Ich will, dass du es *willst*!»

«Ich funktioniere nicht auf Knopfdruck!»

«Nein», sagte er. «Du funktionierst gar nicht.»

Und dann sagten sie beide nichts mehr. Ich hielt die Luft an, aber dann musste ich wieder atmen. Warum schwiegen sie? Ich hatte mit dem Schließen der Tür zu lange gewartet. Jetzt saß ich in der Falle. Sie würden es hören.

Ich fragte mich, ob ihre angestaute Wut sich gegen mich richten würde, wenn sie mitbekämen, dass ich gelauscht hatte. Und was würde dann geschehen? Ich wusste, dass andere Väter ihre Kinder schlugen. Mein Vater hatte mich noch nie geschlagen. Vielleicht würde er es jetzt zum ersten Mal tun. Er würde das tun, was andere Männer taten.

Ich schloss die Tür so weit wie möglich, ohne mit dem Schnapper den Rahmen zu berühren. Ein Spalt blieb. Dann schlich ich mich ins Bett und legte mich hin. Ich blickte aus dem Fenster. Irgendwo da draußen war der Mond. Ich wünschte, mein Zimmer wäre in der Düse einer Saturnrakete. Ich stellte mir vor, durch den Weltraum zu schweben.

Am nächsten Morgen war meine Tür geschlossen. Vielleicht war meine Mutter noch einmal ins Zimmer gekommen, aber da hatte ich schon geschlafen. Ich, ihr einziges Kind.

3
Rosa

Ich wusste nicht viel. Ich hatte nur eine sehr vage Vorstellung davon, was jenes «es» war, über das meine Eltern gestritten hatten.

Ich wusste, dass sich Männer und Frauen nebeneinander legten und etwas machten, das bei beiden mit dem Unterleib zusammenhing, bei Männern mit jenem Zipfel zwischen den Beinen, mit dem man Pipi machte. Dieses Körperteil nannte man auch Glied oder Penis.

Ich wusste auch (und hatte das an Stränden auch schon gesehen), dass es bei Mädchen etwas Vergleichbares nicht gab. Stattdessen befand sich bei ihnen, wenn sie zu Frauen wurden, dort irgendeine besondere Stelle, an der Männer ihr Glied reiben konnten oder so ähnlich.

Und schließlich wusste ich noch, dass dieses «es» der Grund dafür war, dass Frauen Kinder bekamen. Denn das war es offenbar gewesen, was mein Vater meiner Mutter vorgeworfen hatte. Sie hatten «es» nur einmal gemacht und hatten daher nur ein einziges Kind – mich.

Da ich einmal so werden wollte wie mein Vater, hätte ich in dem Streit also auf seiner Seite stehen und dafür sein müssen, dass meine Eltern «es» häufiger machten. Aber sicher war ich mir damit nicht. Eigentlich war ich gern Einzelkind.

Natürlich wusste ich nicht, wie es gewesen wäre, einen Bruder oder eine Schwester zu haben, aber ich konnte zumindest sagen, dass mir in dieser Hinsicht nichts fehlte.

Ich fühlte mich geborgen, beachtet und geliebt. So, wie es war – nur meine Eltern und ich –, erschien es mir gut.

Am nächsten Morgen und in der Zeit danach war zwischen meinen Eltern alles so wie immer, und die Erinnerung an ihren nächtlichen Streit verblasste. Nach einer Woche dachte ich kaum noch daran. Und ich vergaß die Sache ganz, als das nächste bemerkenswerte Ereignis meine Aufmerksamkeit beanspruchte: Die Leinhards zogen ein – und sie hatten eine Tochter.

Meine Mutter, von der ich nach dem Streit angenommen hatte, sie würde Frau Leinhard eigentlich nicht mögen, weil mein Vater ihr geholfen hatte, änderte ihre Meinung. Sie begegnete ihr danach freundlich, zumindest tat sie das nach außen hin. In den Wochen der Renovierung unterhielten sie sich gelegentlich von Vorgarten zu Vorgarten, und einmal bat meine Mutter Frau Leinhard sogar auf eine Tasse Kaffee ins Haus.

Ihren Mann, Herrn Leinhard, bekamen wir in diesen Tagen noch nicht zu Gesicht. Wir erfuhren, dass er Dozent an der Universität war und dort zu beschäftigt, um sich um die Renovierung zu kümmern. Er war vor Kurzem sogar auf einer Dienstreise nach England gewesen. Er trat erst in Erscheinung, als am ersten Mittwoch im April der Möbelwagen einer Umzugsfirma anrollte und auf der Straße vor dem Haus der Leinhards anhielt.

Deren weinroter Volvo bog kurz darauf um die Ecke, und diesmal saß nicht, wie an den Tagen zuvor, Frau Leinhard hinter dem Steuer, sondern ihr Mann. Er war ungefähr so alt wie mein Vater, aber etwas größer und hagerer. Er trug eine graue Anzughose und einen schwarzen Rollkragenpulli und zündete sich, nachdem er ausgestiegen war, eine filterlose Zigarette an. Seine Brille war in der unteren Hälfte der Gläser randlos. Er schob sie ein wenig höher und betrachtete sein neues Zuhause.

Frau Leinhard, wieder in Jeans und bunter Bluse, stellte sich, ebenfalls rauchend, neben ihn. Er legte den Arm um ihre Schultern. Ich hatte den Eindruck, dass sie anders waren als meine Eltern – anders auf eine Weise, die ich noch nicht erfassen konnte.

Ich stand in meinem Zimmer am Fenster. Die Osterferien hatten gerade begonnen, und ich vertrieb mir die Tage mit dem Entwerfen und Zeichnen fremder Planeten. Ich stellte mir vor, eines Tages auf ihnen zu landen. Ich wollte auf jeden Fall ins Weltall fliegen. Abends sah ich mit meinem Fernglas dem immer größer werdenden Ostermond beim Zunehmen zu.

Meine Mutter hatte Frau Leinhard angeboten, sich beim Umzug irgendwie nützlich zu machen. Sie würde Kaffee kochen und Brote schmieren. Sie ging auf die Straße, um die Leinhards zu begrüßen, und ich folgte ihr.

An der Beifahrertür des Volvos lehnte ein Mädchen, die Hände in den Hosentaschen, und kaute Kaugummi. Ich hatte nicht darüber nachgedacht, ob die Leinhards möglicherweise Kinder haben würden. Das Mädchen starrte beim Kauen auf die Schuhspitzen und schien sich für das, was gerade geschah, nicht besonders zu interessieren. Sie blies den Kaugummi zu einem Ballon auf, ließ ihn platzen, saugte ihn ein und kaute weiter.

Frau Leinhard begrüßte meine Mutter so herzlich wie eine alte Freundin. «Ich bin so froh», rief sie aus, «Ihnen jetzt endlich auch Wolf vorstellen zu können.»

Herr Leinhard ließ seine Zigarettenkippe zu Boden fallen, trat sie aus und gab meiner Mutter die Hand. Im Gegensatz zu seiner Frau sprach er eher leise.

«Es freut mich, Sie kennenzulernen.»

«Und das ist Rosa! Rosa, komm her!»

Das Mädchen, Rosa also, betrachtete das Haus – das jedenfalls war mein Eindruck – eher missmutig. Als Frau Leinhard sie rief, drehte sie ihr Gesicht nicht sehr interessiert in unsere Richtung und schien einen Moment zu überlegen, ob sie der Aufforderung ihrer Mutter überhaupt nachkommen sollte oder nicht. Schließlich setzte sie sich in Bewegung und schlenderte heran.

Es fiel mir auch bei Kindern schwer, ihr Alter zu schätzen, ich hatte aber ein Gefühl dafür, ob ein Kind älter oder jünger war als ich, und Rosa war mir ein oder zwei Jahre voraus. Ich ermittelte dies irgendwie aus ihrer Art und ihren Gesichtszügen, größer als ich war sie nicht. Ihre Haare waren so kurz, dass sie die Ohrläppchen nicht bedeckten. Alle Mädchen, die ich kannte, hatten lange Haare.

Rosa streckte meiner Mutter die Hand entgegen, kaute weiter auf ihrem Kaugummi herum und sagte: «Tag.»

«Und das ist Tobi», sagte meine Mutter.

«Hm», machte sie und nickte.

Herr Leinhard entfernte sich und schloss das Haus für die Möbelpacker auf.

«Tobi, was meinst du?», sagte meine Mutter. «Du könntest Rosa dein Zimmer zeigen.»

Ich hatte nicht den Eindruck, dass Rosa besonders neugierig darauf war, mein Zimmer zu sehen, aber sie widersprach auch nicht. Ich ging voraus, und sie latschte schweigend hinter mir her. Als wir oben angekommen waren, blieb sie vor meinem Raketenmodell stehen und kniff missbilligend die Augen zusammen.

«Hast du die gebaut?»

«Ja. Maßstab 1:150.»

Sie wies auf das Abziehbild der amerikanischen Flagge am Rumpf und sagte: «Du weißt aber schon, dass die Amerikaner in Vietnam einen grausamen Krieg gegen ein unschuldiges Volk führen?»

«Vietnam?»

Über Vietnam wusste ich so gut wie nichts. Wie kam sie denn jetzt auf Vietnam? Ich hatte mitbekommen, dass es dort einen Krieg gab. Mein Vater sprach manchmal mit meiner Mutter darüber. Was Vietnam mit meiner Rakete zu tun haben könnte, war mir nicht klar.

«Du interessierst dich nicht für Politik, stimmt's?»

«Nein.»

«Ich schon. Wie alt bist du?»

«Elf.» Was für ein Glück, dachte ich, dass ich vor drei Wochen wirklich elf geworden war. «Und du?»

«Zwölf. Im September werde ich dreizehn.»

Sie sah sich im Zimmer um und betrachtete mein großes Mondplakat über dem Bett.

«Ich interessiere mich für die Mondlandung», sagte ich.

«Warum?»

«Weil es toll ist.»

«Weißt du, warum die Amerikaner das machen?»

«Genau deswegen. Weil es toll ist.»

Sie drehte sich zu mir. «Nein, Tobi. Weil sie es den Russen zeigen wollen. Das ist auch Politik. Alles ist Politik. Du musst anfangen, politisch zu denken.» Sie ließ sich auf den kleinen gelben Drehsessel fallen, in dem ich bei schlechtem Wetter las. «Meine Eltern sind Kommunisten.»

Nach allem, was ich über Kommunisten wusste, waren sie bedrohlich, gewaltbereit und eiskalt. Mein Vater hielt es für möglich, dass sie uns irgendwann angreifen und besiegen würden, und dann müssten wir aus unserem Haus ausziehen. Das wollte ich nicht, weil es mir in unserem Haus und unserem Garten gefiel. Die Vorstellung, dass Frau Leinhard eine Kommunistin war, fiel mir schwer.

«Wirklich?», sagte ich.

Sie zuckte mit den Schultern. «Du kannst sie ja fragen. Sie wollen die Welt verbessern. Deswegen haben wir zwei Jahre in Griechenland gelebt. Und ich heiße Rosa wegen Rosa Luxemburg.»

«Wer ist Rosa Luxemburg?»

«Sie war auch Kommunistin. Sie war eine Kämpferin für die Rechte der Armen und Ausgebeuteten.»

«Und das willst du später mal machen?»

«Warum nicht? Aber vielleicht werde ich auch Schriftstellerin.» Ihr Blick fiel auf die Bücher neben meinem Sessel, obenauf *Der offene Himmel* von Heinz Haber.

«Ich werde Forscher», sagte ich.

«Und *was* willst du erforschen?»

«Den Weltraum. In zwanzig Jahren fliegen die Raumschiffe bis zum Mars oder zum Jupiter.»

«Ist es dort nicht viel zu kalt?»

«Auf dem Mars gibt es Luft zum Atmen.»

«Und was machst du, wenn du dort bist?»

Darüber hatte ich noch nie nachgedacht.

«Es wäre einfach nur toll.»

Sie sah aus dem Fenster. Es war ein schöner Tag.

«Gibt es dort auch Frühling?»

«Das finde ich heraus.»

«Frühling ist meine Lieblingsjahreszeit.»

Ich mochte sie. Sie war anders als die Mädchen, die ich kannte. Ich hatte zwar das Gefühl, dass sie ein bisschen eingebildet war, aber sie schien mich ernst zu nehmen.

«Ostern ist immer nach dem ersten Vollmond im Frühling», erklärte ich ihr. «Heute ist Vollmond, deswegen ist am Sonntag Ostern.»

«Wir gehen nicht in die Kirche», sagte sie.

«Aber den Vollmond solltest du dir trotzdem ansehen. Ich habe ein Fernglas. Wenn du willst, zeige ich ihn dir.»

Ich nahm das Fernglas aus dem Regal und gab es ihr.

«Ganz schön schwer. Was sieht man damit?»

Sie setzte es an die Augen und sah aus dem Fenster.

«Krater und Berge. Es ist, als würde man in einem Raumschiff über dem Mond schweben.»

«Du kannst auch in die Fenster der Nachbarn sehen.»

«Und wozu das?»

«Weil dort mehr geschieht als auf dem Mond.»

Sie gab mir das Fernglas zurück. Auf meinem Schreibtisch lagen Buntstifte. Ich hatte die Oberfläche eines Planeten entworfen, der so weit von der Sonne entfernt war, dass man auf ihm auch am Tag die Sterne sehen konnte. Das Licht dort schimmerte blau und violett.

Rosa betrachtete das Bild. «Ist das auf dem Mond?»

«Nein», sagte ich. «Auf einem Planet weit draußen im All. Die Seen dort sind gefroren.»

Mein Planet besaß keine Atmosphäre. Über den schroffen Felsen und den Seen aus Eis leuchtete eine Galaxie.

«Das Bild gefällt mir», sagte sie.

34

Die Bemerkung machte mich stolz. Kaum lobte sie mich, war ich auch schon bereit, ihr Urteil für das Maß aller Dinge zu halten.

«Weißt du, was ich mit Buntstiften am liebsten mache?», fragte sie mich.

«Nein.»

«Ich bemale meine Haut. Ich zeige es dir.»

Sie nahm ihren Kaugummi aus dem Mund, warf ihn in meinen Papierkorb und schob danach den rechten Ärmel ihres Shetland-Pullis bis zum Ellbogen hoch. Dann winkelte sie den Unterarm an, streckte die Zunge weit heraus und leckte so lange über die Innenseite ihres Arms, bis die Haut zwischen Handgelenk und Armbeuge feucht glänzte. Dann streckte sie den anderen Arm zum Schreibtisch aus und ließ ihre Finger kurz über den Buntstiften schweben. Sie entschied sich für Grün und setzte die Stiftspitze seitlich auf die feuchte Haut.

Vom Handgelenk aus malte sie zwei breite Streifen entlang der Sehnen – einen in Grün, den anderen in Rosa. Zwischen den beiden Flächen entstand eine Art Horizontlinie, an der sich die feuchten Farben miteinander vermischten. Sie streckte den Arm in die Waagerechte. Jetzt sahen die beiden Farbstreifen aus wie ein grüner Grund unter einem rosa leuchtenden Himmel.

«So sähe es auf *meinem* Planeten aus», sagte sie.

Sie vervollständigte das Bild mit blauen, roten und gelben Blumen oder Gewächsen. Sie konnte sehr gut zeichnen, viel besser als ich. Ihr reichten wenige Striche, um eine Blume oder einen üppig blühenden Baum entstehen und in den Himmel ranken zu lassen. Das Bild auf ihrer Haut wirkte beinahe lebendig.

«Jetzt du», sagte sie. «Gib mir deine Hand.»

Ich streckte sie ihr entgegen. Sie ergriff sie mit der Linken und schob mit der Rechten den Ärmel meines Nickis hoch. Dann beugte sie sich vor und fuhr mit ihrer Zunge über meinen Innenarm. Auf einmal hatte ich Herzklopfen.

«So», sagte sie, «es kann losgehen. Halt still.»

Sie nahm mein Handgelenk und begann mit Rot. Als sie die Stiftspitze auf die Pulsadern setzte, bekam ich Gänsehaut. Wahrscheinlich bemerkte sie es, aber sie sagte nichts. Sie konzentrierte sich aufs Zeichnen. Diesmal erschuf sie eine dunkelrote Erde unter einem blauen Himmel. Dann überlegte sie einen Moment. Ich dachte, sie würde wieder Blumen hinzufügen. Aber sie entschied sich für einen Berg mit abgeschnittener Spitze – ein Vulkan.

«Und?», fragte sie.

«Toll», sagte ich.

«Gefällt es dir?»

«So hat es bei den Dinosauriern auf der Erde ausgesehen. Da gab es viel mehr Vulkane als heute.»

«Magst du Vulkane?»

«Ja.»

Sie hob die Augenbrauen.

«Und wenn sie ausbrechen?»

«Ich mag sie trotzdem», sagte ich.

Sie sah mich prüfend an. Hatte ich etwas Falsches gesagt? Meine Haut am Unterarm kribbelte leicht, weil die Spucke zu trocknen begann. Ich wünschte mir, dass sie meine Hand nicht losließ.

Rosa legte den Stift zurück. Sie schien nachdenklich geworden zu sein. Ich betrachtete ihren Blumen-Planeten und meine kribbelnde, vulkanische Urerde. Auf einmal hatte ich wieder jenes Gefühl, dass wir Jungen, was unser Urteil über Mädchen anging, womöglich falschlagen. Mit ihnen zusammen zu sein, war keine Zeitverschwendung, sondern schön. Und ich fand es schade, dass Rosas Mutter sie in diesem Moment rief, um ihr das Haus und ihr neues Zimmer zu zeigen.

Am Abend konnte ich vom Fenster aus den Vollmond über dem dunkelblauen Horizont aufgehen sehen. Ich wäre gern mit dem Fernglas zu Rosa gegangen, um ihn ihr zu zeigen. Sein Licht legte sich wie ein dünner silbriger Schleier auf die Felder hinter unserem Haus. Ich hatte Rosas Zeichnung auf meinem Unterarm nicht abgewaschen. Ich schob den Ärmel meines Schlafanzugs hoch und hielt die Haut ins Mondlicht, und ihr Vulkanplanet schimmerte auf.

4
Housewarming

Am Osterwochenende half auch mein Vater beim Einzug mit. Er trug mit Herrn Leinhard Möbel durch die Wohnung, die von den Möbelpackern zunächst auf einen bestimmten Platz gestellt worden waren, nun aber doch woandershin sollten, weil Frau Leinhard der Meinung war, dass das besser aussah. Außerdem verstand Herr Leinhard nicht das Geringste von elektrischem Strom. Das hatte er sich vor dem Umzug nicht klargemacht. Deswegen waren die Leinhards, um Licht zu machen, zunächst auf ihre drei oder vier Stehlampen angewiesen, die man an Steckdosen anschließen konnte.

Alle Decken- und Wandleuchten blieben in den ersten Tagen ungenutzt in den Umzugskartons liegen, weil es nicht möglich war, so kurzfristig vor Ostern einen Elektriker zu bekommen. Am Karfreitag sprang mein Vater ein, für den die Montage einer Deckenleuchte oder einer Wandlampe ein Kinderspiel war. Wahrscheinlich machte er sich sogar gern auf diese Weise nützlich. Es gefiel ihm, sein handwerkliches Geschick einzusetzen, das er im Beruf als leitender Angestellter nicht mehr brauchte.

Aus Dankbarkeit für die Hilfe luden die Leinhards uns an einem der nächsten Wochenenden ein – wobei sie mich ausdrücklich mit einschlossen. Das war insofern ungewöhnlich, als ich es nur von Familienfesten kannte, dass auch Kinder dazugehörten. Wurden meine Eltern abends von Freunden oder Arbeitskollegen meines Vaters eingeladen, war es unüblich, Kinder mitzubringen.

Herr Leinhard erklärte meinen Eltern bei dieser Gelegenheit, dass er es für falsch hielt, Kinder vom Elternleben auszuschließen und sie bei vermeintlichen Erwachsenen-Anlässen in ihre Zimmer zu verbannen. Stattdessen, sagte er, habe er Kinder gern um sich und empfinde sie bei *jeder* Gelegenheit als Bereicherung.

Frau Leinhard stimmte ihm zu. Kinder sollten am Leben der Erwachsenen teilhaben, wie man als Eltern ja auch versuchen sollte. möglichst intensiv am Leben der Kinder teilzunehmen.

Ich war also mit eingeladen. Herr Leinhard fügte aber hinzu, dass es natürlich *meine* Entscheidung sei zu kommen. Er respektiere den Willen von Kindern und wolle mich auf keinen Fall zu irgendetwas zwingen.

Ich kam sehr gerne mit. Ich freute mich darauf, Rosa wiederzusehen. Sie hatte die Osterwoche bei einer Freundin in Münster verbracht. Bevor Herr Leinhard als Dozent nach Köln gekommen war, hatte er, wie wir inzwischen wussten, an der dortigen Universität gelehrt.

«Ich hätte auch nach England ans *Oxford College* gehen können», erzählte er am Abend. «Ich war vor Kurzem dort. Es wäre eine sehr reizvolle Stelle. Aber aus politischen Gründen denke ich, mein Platz ist hier.»

Es war eine Einladung mit Abendessen. Frau Leinhard hatte etwas gekocht, das wir zu Hause nicht kannten. Deswegen konnten wir auch nicht beurteilen, ob ihr das Gericht gelungen war. Sie sagte, es wäre ein Rezept aus Griechenland, wo sie zwei Jahre gelebt hätten, bis es zu einem Putsch gekommen war.

Das Gericht, so erklärte uns Frau Leinhard, hieß Moussaka und war eine Art Brei aus Hackfleisch, Kartoffeln und einer weißgrauen, schmierigen Masse. Es schmeckte gar nicht schlecht, aber die Konsistenz der weißgrauen Masse versuchte ich durch Verkneten mit den Kartoffeln in so etwas wie Püree zu verwandeln.

«Und Sie sind wirklich für den Kommunismus?», erkundigte sich mein Vater.

Niemand aß mehr. Herr Leinhard nahm eine Schachtel Zigaretten vom Tisch und bot meiner Mutter eine an. Sie saß neben ihm, aber sie rauchte nicht. Mein Vater und Frau Leinhard zündeten sich ebenfalls Zigaretten an. Mein Vater hatte Frau Leinhard eine angeboten, aber sie hatte ihre eigenen, die etwas länger und schmaler waren. Mein Vater beugte sich zu ihr und gab ihr Feuer.

«Der Kommunismus wird kommen», sagte Herr Leinhard und blies den ersten Zug aus. «Das ist keine Frage des Dafür- oder Dagegenseins. Der Kommunismus folgt als System aus der Gesetzmäßigkeit der Historie.»

«Und die Freiheit nicht?», fragte meine Mutter.

«Der Kommunismus wird die Menschen befreien. Im Moment, das ist leider wahr, kann er das noch nicht, wie er es sollte, weil er sich dort, wo er herrscht, gegen seine Feinde wehren muss. Aber das ist eine Übergangsphase. Noch zwanzig Jahre, dann hat er sich in weiten Teilen der Welt durchgesetzt. Spätestens im Jahr 2000 ist der Kapitalismus Geschichte. Denken Sie an all die Länder, in denen der Kommunismus unaufhaltsam auf dem Vormarsch ist: Frankreich, Italien, Chile, Kongo.»

Mein Vater wandte sich an Frau Leinhard.

«Glauben Sie das auch?»

«Aber ja!», rief sie. «Ich trauere immer noch dem Leben in Griechenland nach. Tatá-tatatatatá!»

Sie trällerte eine schnelle, nervöse Melodie, breitete dabei die Arme aus wie Vogelflügel und wiegte ihren Oberkörper hin und her. Herr Leinhard sah ihr zu. Es schien ihm nicht recht zu sein, dass sie so aufdrehte.

«Nett», sagte er, «aber es geht gerade nicht ums Tanzen.»

«Das sollte es! Tatatatá ...»

Sie wiegte ihren Oberkörper noch einmal hin und her. Sie trug ein ärmelloses, rosa schimmerndes Oberteil mit einem schmalen, weißen Rollkragen.

«Ich spreche über die kommende Revolution», fuhr Herr Leinhard fort. «Es gab eine große Aufbruchstimmung im griechischen Volk. Aber durch den Militärputsch wurde alles beendet.»

Frau Leinhard ließ ihre Arme sinken.

«Wolf, du bist hier nicht im Seminar.»

«Ich bin gefragt worden, wie ich zum Kommunismus stehe, und ich antworte darauf.»

«Nein, du dozierst.»

«Ach ja?»

«Was verstehen die Menschen wohl besser?», sagte sie. «‹*Gesetzmäßigkeit der Historie*› oder Tatá-tatatatá ...!?» Sie drehte sie sich zu meiner Mutter. «Der Komponist heißt Mikis Theodorakis! Was für ein Name!» Sie ließ sich noch einmal jede Silbe einzeln auf der Zunge zergehen: «Miii-kis The-o-do-raaaa-kis!»

Meine Mutter und Frau Leinhard waren wirklich sehr unterschiedlich, dachte ich. Meine Mutter war in Gesellschaft zurückhaltend. Sie hätte meinem Vater im Beisein anderer niemals widersprochen oder sogar einen Streit mit ihm vom Zaun gebrochen.

Frau Leinhard füllte ihr Weinglas auf.

«Darf ich auch noch eins?», fragte Rosa.

Sie hatte zum Essen ein Glas Wein bekommen. Meine Eltern hatten mir noch nie Wein angeboten. Rosa war erst zwölf. Ihr Weinglas hatte sie inzwischen ausgetrunken. Ich wusste nicht, in welchem Alter man damit anfing, Wein zu trinken.

«Eins darfst du noch», sagte Frau Leinhard.

«Mehr auf keinen Fall», sagte Herr Leinhard.

«Meine Großmutter», erzählte Frau Leinhard, «hat jeden Nachmittag ein Glas Wein getrunken. Und wenn ich zu Besuch war, hat sie mir auch eins gegeben. Da war ich höchstens sechs oder sieben. Das war in der Pfalz so üblich. Sie ist fünfundachtzig geworden. Was ist mit dir, Tobi?»

«Uschi, bitte!»

Mein Vater hob beschwichtigend die Hand. «Warum denn nicht? Ich stimme Ihrer Frau zu. Man sollte Kinder früh, aber behutsam an Alkohol heranführen. Das ist der beste Weg zu lernen, später damit umzugehen. Wenn Tobi möchte, sollte er probieren dürfen. Er ist vor Kurzem elf geworden. Vielleicht ist es Zeit dafür.»

«Der Wein ist sehr lieblich», sagte Frau Leinhard, füllte ein Glas und stellte es mir hin. «Er schmeckt dir bestimmt.»

Der Wein war süß und brannte ganz leicht im Rachen, aber das war nicht unangenehm. Nach dem ersten kleinen Schluck nahm ich gleich noch einen zweiten, größeren.

«Was lehren Sie?», fragte meine Mutter Herrn Leinhard.

«Philosophie. Bloch, Adorno. Frankfurter Schule, wenn Ihnen das etwas sagt. Der Versuch, Marxismus und Psychoanalyse miteinander zu verbinden. Wir leben in einer Zeit des Umbruchs und müssen alles auf den Prüfstand stellen. Die Philosophie ist heutzutage wichtiger denn je.»

Mein Vater drückte seine Zigarette in den Aschenbecher. «Kommen die Studenten denn noch zu den Vorlesungen, oder machen sie nur noch Sit-ins?»

«Zu *meinen* Vorlesungen kommen sie!»

«Ach ja? Aber man hört, dass sie nur diskutieren wollen», sagte mein Vater.

«Nun», lächelte Herr Leinhard, «das ist das Wesen der Philosophie.»

«Ich meine, *gleichberechtigt* diskutieren», ergänzte mein Vater. «Als wüssten sie schon alles. Wozu braucht man dann noch Professoren?»

Herr Leinhard ließ sich nicht aus der Ruhe bringen. «Vielleicht sollten Sie mit Ihren Arbeitern auch diskutieren.»

«Oh, besser nicht», lachte mein Vater. «Ein Auto kann man nicht auf demokratischer Basis bauen.» Er wandte sich an Frau Leinhard. «Stellen Sie sich vor, Sie wollen bremsen, aber die Arbeiter bei Volvo waren der Meinung, dass der Einbau von Bremsen zu kompliziert oder zu lästig ist. Das ist der Unterschied. Wir Ingenieure wissen genau, was zu tun ist.»

Er sah Frau Leinhard an, und sie nickte beifällig.

«Ich bin überzeugt, dass Sie recht haben», sagte sie, «aber wissen Sie, in *Alexis Sorbas* wird am Ende eine Art Seilbahn für Baumstämme oder so gebaut. Aber dann funktioniert irgendetwas mit der Bremse nicht, und die ganze kilometerlange Seilbahnkonstruktion kracht bei der ersten Fahrt zusammen. Und was geschieht danach?

Alexis Sorbas fängt an, Sirtaki zu tanzen! Das ist der schönste Moment des Films, ich bekomme jetzt noch Gänsehaut davon. Sehen Sie!»

Sie streckte meinem Vater ihren Unterarm entgegen, und er nickte. «Aber natürlich», sagte er. «Manchmal können Pannen auch sehr amüsant sein.»

Mir wurde ein wenig schwindlig von dem Wein, aber es war ein angenehmes Gefühl. Ich kam mir dadurch erwachsener vor.

Frau Leinhard begann, die Teller abzuräumen.

«Die Auberginen waren nicht perfekt. Ich bin nach Ehrenfeld gefahren – eine Weltreise. Aber es gibt dort einen Gastarbeiterladen. Es sind Türken. Leider haben sie nicht so gute Ware wie in Griechenland. Die Auberginen waren stumpf. Sie werden schnell bitter. Aber was sollte ich machen?»

Mein Vater lobte das Essen.

«Aber ich verstehe natürlich nichts davon», fügte er hinzu.

«Wieso *natürlich*?», rief Frau Leinhard aus der Küche. Sie kam wieder zurück. «Alle reden von gesellschaftlichen Veränderungen, aber wenn's ums Kochen geht, soll alles so bleiben, wie es ist. Wir Frauen rauchen, fahren Auto, schreiben erfolgreich Bücher – warum sollen Männer nicht kochen, putzen und sich um die Kinder kümmern?»

«Denken Sie ernsthaft darüber nach?»

«Warum denn nicht?»

«Bestimmte Dinge sind von der Natur ja doch unabänderlich vorgegeben», sagte mein Vater.

«Die Emanzipation der Frauen wird kommen», sagte

Herr Leinhard mit großer Bestimmtheit und ganz und gar unaufgeregt, «und ich befürworte das sehr. Sie wird aber nicht darin bestehen, dass wir Männer weibliche Tätigkeiten übernehmen. Vielmehr werden diese Tätigkeiten allmählich überflüssig werden und verschwinden – übrigens eine Aufgabe, bei der Sie als Ingenieur dringend gefragt sind», nickte er meinem Vater zu.

Zum Beispiel nahm Herr Leinhard an, dass es in Zukunft nicht mehr nötig sein werde zu kochen. Er glaubte, dass die Ernährung auf fertiges Essen aus Tiefkühlschränken umgestellt werden würde, das man nur noch erwärmen musste. Bügeln würde durch die Verwendung von Kunstfasern überflüssig, und irgendwann würde man solche Kleidung vielleicht auch nicht mehr waschen müssen. Sowieso würde es in einer modernen Welt keinen Schmutz mehr geben, weil es ja nicht mehr notwendig wäre, sich im Freien aufzuhalten. Büro, Auto, Wohnzimmer – in so einem Leben würde nichts mehr anfallen, was großartig wegzuwienern, zu bohnern oder zu scheuern sei. Die Zukunft, die Herr Leinhard voraussah, würde sauber und bequem sein. Ein Paradies, insbesondere für Frauen.

«Und was ist mit den Kindern?», sagte meine Mutter. «Kinder werden auch in Zukunft gefüttert und versorgt werden wollen.»

«Es wird für alle Kinder Krippen- und Kindergartenplätze geben», sagte Herr Leinhard. «Das ist übrigens nicht nur eine praktische Frage, sondern eine politische. Es ist viel besser, wenn die Gesellschaft die Versorgung und Erziehung der Kinder übernimmt und eigens dafür geschulten Kräften überlässt. Vor allem ist es auch *gerechter*, denn dann haben alle Kinder *wirklich* die gleichen

Startbedingungen. Nur das Austragen und Gebären werden wir den Frauen bei allem Einsatz für die Emanzipation wohl nicht abnehmen können – aber wer weiß. Vielleicht gibt es ja auch dafür in ferner Zukunft eine Lösung. Man darf den menschlichen Erfindungsgeist nie unterschätzen.»

Wir standen auf und gingen ins Wohnzimmer. Die hintere Wand bestand aus einem einzigen Bücherregal. Dass man so viele Bücher haben – und möglicherweise sogar *gelesen* haben konnte! Zum Garten hin führte eine Tür auf eine Veranda. Von dort aus konnte man den Mond sehen, der im ersten Viertel stand.

Ich sagte Rosa, dass jetzt die beste Zeit sei, um ihn im Fernglas zu beobachten. Durch den flachen Einfall des Sonnenlichts an der Grenzlinie zwischen Hell und Dunkel wären die Schatten der Berge und Kraterwände dort am längsten. Rosa hörte mir zu. Es war aber zu kalt, um lange draußen zu bleiben, und wir gingen zurück ins Wohnzimmer.

Meine Mutter sagte gerade zu Herrn Leinhard: «Würden Sie eine Gesellschaft wirklich begrüßen, in der es praktisch egal ist, ob jemand Mann oder Frau ist?»

«Es wird nie egal sein», verkündete Frau Leinhard.

Herr Leinhard und mein Vater tranken Whiskey.

Meine Mutter ließ nicht locker. «Nehmen wir einmal an, es wäre wirklich so und wir Frauen bräuchten uns nicht mehr um die Kinder zu kümmern. Was machen wir stattdessen? Sollen wir den ganzen Tag nur noch miteinander Kaffee trinken?»

Frau Leinhard ließ sich von ihrem Mann ebenfalls einen Whiskey geben. Sie ging zu dem dunkelgrünen Sofa und setzte sich mit ihrem Glas neben meine Mutter, die ihr Weinglas mitgenommen hatte, aber kaum noch davon trank. Frau Leinhard schlüpfte aus ihren Schuhen und winkelte das rechte Bein unter das linke.

«Wir werden ebenfalls arbeiten gehen», sagte sie zu meiner Mutter. «So einfach ist das. Es ist ja keineswegs so, als könnten nur die Männer in dieser Hinsicht etwas zustande bringen.»

Dann erzählte sie uns, dass sie selbst bereits einer Tätigkeit nachging. Sie übersetzte freiberuflich Romane – Kriminalromane. Sie kamen aus England oder Amerika und wurden viel gekauft.

«Der Bedarf ist enorm groß», sagte sie, «und wächst ständig. Ich kann mich vor Anfragen kaum retten.»

«Sie sind *nicht* gerade hochwertig», sagte Herr Leinhard zu meiner Mutter.

«Na und?», winkte Frau Leinhard ab. «Es können ja nicht alle Böll oder Frisch lesen. Und es ist gar nicht so, wie du sagst. Vor Kurzem habe ich Rex Stout übersetzt. Er ist Amerikaner und mag Deutschland nicht. Er wollte schon sehr früh, dass Amerika uns den Krieg erklärt. Es ist keineswegs leicht, ihn zu übersetzen, ohne die deutschen Leser vor den Kopf zu stoßen. Er ist sehr politisch.» Und an meine Mutter gewandt, fügte sie hinzu: «Außerdem kann ich zu Hause arbeiten. Das ist für Rosa natürlich ideal.»

«Es ist ja nicht so», sagte Herr Leinhard, «dass wir uns in Zukunft nicht mehr um unsere Kinder kümmern sollen. Das habe ich nicht gemeint.»

Rosa stand mit mir an der Verandatür. «Wir können uns sehr gut um uns selbst kümmern», sagte sie.

«Das ist interessant», sagte Herr Leinhard. «Und wer sorgt dafür, dass der Kühlschrank immer gut gefüllt ist?»

«Wenn ich Geld hätte, könnte ich das erledigen.»

«Und warum hast du kein Geld?»

«Weil die Gesellschaft ungerecht ist. Du hast es mir selbst erklärt: Wenn der Kommunismus da ist, wird Geld seine Bedeutung verlieren.»

Herr Leinhard lächelte und sagte: «Wir werden noch einmal darüber reden.»

Rosa zog die Schultern hoch, als sei ihr das sowieso egal.

«Können wir hochgehen?»

Niemand hatte etwas dagegen. Ich folgte ihr in den ersten Stock. Ihr Zimmer war düster. Die Wände waren dunkelbraun gestrichen, und es hingen Poster von Bands und Sängern über ihrem Bett, deren Namen ich nur vage kannte: Doors, Bob Dylan, Janis Joplin.

Rosa hatte einen eigenen Plattenspieler, ein tragbares Gerät, das man wie einen Aktenkoffer aufklappen konnte. Daneben lagen Singles und LPs. Sie sagte, die Platten gehörten ihr, aber auch ihren Eltern oder umgekehrt. Sie hörte die gleiche Musik wie ihre Eltern.

Das war bei uns anders. Ich kannte den Musikgeschmack meiner Eltern nicht, weil sie keine Musik hörten. Meine Freunde und ich, wir mochten einige deutsche Schlagerstars. Es gab seit Kurzem eine Musiksendung im Fernsehen, in der sie regelmäßig auftraten. Sie nannte sich ‹Hitparade›. Die meisten älteren Geschwisterkinder meiner Freunde rümpften darüber die Nase.

Die Musik, die ihre Eltern mochten, sagte Rosa, richtete sich gegen den Krieg oder war für die Liebe oder beides.

Ihre Eltern gingen ihr meistens auf die Nerven, vor allem, wenn sie so taten, als wüssten sie alles besser, aber gegen den Krieg und für die Liebe war sie auch.

Sie erzählte mir, dass sie in der Schule Englisch hatte und sich bemühte, die Songtexte zu verstehen. Ich hatte kein Englisch, sondern lernte seit diesem Jahr Latein, weil mein Vater auch mit Latein begonnen hatte. Außerdem hatte ich mich noch nie für die *Texte* von Liedern interessiert.

Rosa nannte mir die englischen Wörter für Krieg, Liebe, Freiheit, Frieden, Gerechtigkeit und noch einige mehr, aber ich konnte mir kein einziges davon merken. Mir wurde wieder etwas schwindlig. Trotzdem fühlte ich mich wohl. So war das also, dachte ich, wenn man Wein trank. Ich nahm jedenfalls an, dass es mit dem Wein zusammenhing. Es war sehr angenehm. Ich sah Rosa an, und fand sie unglaublich schön. Ich mochte sogar ihre kurzen Haare.

In der Kälte auf der Veranda hatte ich den Wein nicht so sehr gespürt, aber jetzt musste ich mich unbedingt hinsetzen. Während Rosa über Musik und Krieg und Liebe redete, zündete sie ein paar Kerzen an. Anschließend durchsuchte sie ihre Plattensammlung. Schließlich zog sie eine LP aus der Hülle und legte sie auf. Das dunkle Zimmer mit den Kerzen begann, sich um mich zu drehen. Zum Glück stand ich vor einer kleinen Couch, in die ich mich fallen lassen konnte.

Die Musik war seltsam. Zu Beginn unterschied sie sich kaum vom Knistern der Plattennadel in der Rille, sie schien aus diesem Knistern irgendwie hervorzugehen. Über einem hellen Rauschen begann eine Art Kling-Klang, dann folgten einzeln gezupfte Töne einer Gitarre, immer dieselben, und schließlich kam ein Rhythmus dazu, als würde man mit Sand auf einem Topfdeckel rascheln und dazu mit einem Schlüsselbund klappern.

Zuletzt begann dann doch eine Stimme zu singen, wenn auch ohne Melodie. Es war eher eine Art gesungenes Sprechen, von dem ich sogar ein Wort verstand, obwohl ich noch kein Englisch konnte: *the end*. Manche Serien im Fernsehen hörten damit auf. Es hieß wohl Ende.

Später erfuhr ich, dass der Song tatsächlich *The End* hieß und von den Doors war. Insofern passte er ganz gut zu meinem leicht schwindeligen Zustand, als ich dort auf Rosas kleiner Couch saß. Irgendwann versank alles – Rosa, die Kerzen, die Musik – im Nirgendwo meines ersten Rauschs.

5
Light My Fire

Nach diesem Abend ging ich regelmäßig zu Rosa. Sie las viel oder hörte Musik. Ich sah sie nie Hausaufgaben machen, und als ich sie einmal darauf ansprach, sagte sie, dass sie nie länger als zehn Minuten dafür bräuchte und dass sie sie deswegen meistens auf dem Weg zur Schule in der Straßenbahn machte. Sie fand Schule langweilig. Im Unterricht, sagte sie, würden eine Dreiviertelstunde lang Dinge erklärt, die man in zwei Minuten verstehen konnte.

Sie hatte also viel Zeit. Und da sie neu in der Stadt war, hatte sie noch keine Freundinnen – das war mein Glück. Ich war gerne in ihrem Zimmer. Wir machten nicht besonders viel. Manchmal lasen wir – sie Bücher, die sie sich aus dem riesigen Wohnzimmerregal ihrer Eltern aussuchte, und ich *Der offene Himmel* von Heinz Haber. Oder wir hörten Platten. Ich durchforstete ihre Sammlung und entdeckte eine neue Musikwelt.

Ich mochte die Doors, mochte *Light my fire* und *Soul Kitchen*. Allerdings war mir *The End*, von dem ich an jenem ersten Abend nicht viel mitbekommen hatte, immer zu lang und zu wortreich. Und mit der kratzbürstigen Stimme von Janis Joplin tat ich mich zunächst schwer, aber auch an die gewöhnte ich mich mit der Zeit. Sie schien mir sogar viel mit Rosa und ihrem rätselhaften Charakter zu tun zu haben.

Einmal las sie in ihrem Sessel neben dem Plattenspieler ein Buch mit einem Einband aus ineinander verschwimmenden Farben. Das Muster – grün, rosa und gelb – ließ an Blumen denken, aber eigentlich stellte es nichts dar. Lediglich der Titel des Buches stand in großen, schwarzen Lettern auf dem Umschlag: *Geschichte der O.*

Das sagte mir nichts. Bücher mit erzählten Geschichten las ich im Moment selten, zuletzt *Der Ring der sechs Welten* von Richard Koch. Darin war es um eine Sonne mit sechs Erdkugeln gegangen, und diese waren auf dem Einband auch abgebildet gewesen. So war es bei allen Büchern, die ich las. Die Einbände zeigten das, worum es jeweils ging.

Ich fand den Titel *Geschichte der O* eigenartig. Und ich fragte mich, warum man bei dem Buch auf ein szenisches Einbandmotiv verzichtet und nur nichtssagende, etwas verschwommene Farben als Muster gewählt hatte.

Doch da alles, womit sich Rosa beschäftigte, für mich spannend war, fragte ich sie danach.

«Worum geht es in dem Buch?»

Sie las weiter und sagte: «Um Liebe.»

«Ach so», sagte ich.

Ich fand Liebe als Thema für eine Geschichte nicht besonders reizvoll. Liebe war etwas, für das sich Erwachsene aus irgendeinem Grund interessierten. Die Schlager, die ich hörte, handelten meistens von der Liebe, doch auch damit konnte ich nicht viel anfangen. Da Sänger nun einmal Texte zum Singen brauchten, blieb den Komponisten nichts anderes übrig, als sie über irgendetwas singen zu lassen, und da hatten sie sich eben für die Liebe entschieden.

«Das klingt, als wärst du enttäuscht», sagte sie.

«Ist doch immer dasselbe», sagte ich. «Zwei wollen für immer zusammen sein, na und?»

«In diesem Fall möchte der Mann, dass die Frau mit anderen zusammen ist», teilte Rosa mir mit.

«Dann ist es also keine Liebe?»

«Ich glaube schon. Ich bin noch nicht weit.» Sie sah auf. «Soll ich dir den Anfang vorlesen?»

«Ja», sagte ich.

Sie blätterte zurück und begann zu lesen: «Erstes Kapitel: Die Liebenden von Roissy. ‹Ihr Geliebter führt O eines Tages in einem Stadtviertel spazieren, das sie sonst nie betreten, im Parc Monsouris, im Parc Monceau. An der Ecke des Parks, einer Straßenkreuzung, wo niemals Taxis stehen, sehen sie, nachdem sie im Park spazieren gegangen und Seite an Seite am Rand einer Rasenfläche gesessen waren, einen Wagen mit Zähluhr, der einem Taxi gleicht. ‹Steig ein›, sagt er. Sie steigt ein ...›» Rosa sah auf. «Wie findest du es?»

«Nicht besonders spannend.»

«Was weißt du über die Liebe?»

«Sag ich doch. Zwei himmeln sich an und wollen für immer zusammen sein.»

«Und dann?»

«Was, und dann?»

«Wenn sie zusammen sind. Was geschieht dann?»

Ich wollte ihr gegenüber nicht so gerne zugeben, dass mein Wissen darüber noch recht vage war. Ich dachte an den Streit meiner Eltern, bei dem mein Vater der Ansicht gewesen war, dass sie «es» nicht oft genug machten. Daher sagte ich: «Sie machen *es*.»

Rosa klappte die *Geschichte der O* zu und legte das Buch zur Seite. Dann sah sie mich lange an. Natürlich durchschaute sie mich.

«Und was ist *es*? Weißt du das?»

«*Es* geschieht im Bett», riet ich. «Und außerdem geht es dich gar nichts an, was ich weiß.»

«Es interessiert mich aber», sagte sie.

«Und warum? Vielleicht weißt du ja auch nicht so genau, was *es* ist, und willst es jetzt von mir erfahren.»

Ich fand, das wäre ein sehr scharfsinniger Gedanke.

Sie stand auf und blieb vor mir stehen. «Warum sollte ich es nicht wissen? Ich bin älter als du, ich bin schon zwölf. Weißt du, dass ich schon Brüste habe? Sie sind noch klein, aber sie wachsen.»

Woher hätte ich das wissen sollen? Ich achtete bei Mädchen nicht darauf, ob sie Brüste hatten oder nicht.

«Na und?», sagte ich.

«Durch den Pullover sieht man sie nicht», sagte sie.

«Ist mir doch egal.»

«Bestimmt nicht.»

«Doch.»

«Soll ich sie dir mal zeigen?»

«Ist mir auch egal.»

«Wirklich?»

Ich war unsicher. Ich dachte an unseren Sommerurlaub vor einem Jahr und die Mädchen am Strand in meinem Alter. Ihre Badeanzüge waren auf der Brust manchmal flattrig gewesen, als gebe es dort etwas mehr Stoff als eigentlich nötig. Ich hatte nicht ein einziges Mal darüber nachgedacht, ob sich darunter, wie bei erwachsenen Frauen, schon Brüste verbargen.

Doch jetzt, als Rosa ganz nah vor mir stand, beschleunigte sich mein Puls. Sie trug den Shetland-Pullover, den sie am Tag des Einzugs angehabt hatte. Er war rosa-hellblau-quergestreift, und ich bemerkte jetzt, dass sich die waagerechten Streifen über ihrer Brust ein wenig dehnten und vorwölbten. Ich hatte wirklich gedacht, es wäre mir egal, ob sie Brüste hatte oder nicht, aber jetzt spürte ich, dass es das nicht war.

«Mach die Augen zu», sagte sie.

Ich tat es. Einen Moment lang geschah nichts, vielleicht kontrollierte sie mit einer winkenden Handbewegung, ob ich wirklich nichts sah. Dann hörte ich das Rascheln von Stoff. Kurz darauf nahm sie meine Hände in ihre, die sehr kühl waren, hob sie an und führte sie an ihre Brüste. Jedenfalls nahm ich das an. Ich berührte ihre Haut nur mit den Fingerkuppen, doch die Empfindung breitete sich in meinem ganzen Körper aus. Ich fühlte zwei schwache Wölbungen. Es war wie ein Spiel, bei dem es darum ging, mit verbundenen Augen, nur durch Berühren und Tasten, Gegenstände zu erraten. Wir hatten das auf manchen Geburtstagsfeiern gespielt und Äpfel, Schwämme, Tannenzapfen oder Zitronen erkennen müssen. Jetzt war es umgekehrt. Ich wusste, was ich berührte, aber ich hatte es noch nie gesehen. Ich musste es mir vorstellen. Ich musste es so gründlich ertasten, dass es sich in meinem Gehirn als Form herstellte.

Das tat ich, und Rosa schien nichts dagegen zu haben. Sie sagte nichts, und ich sagte auch nichts. Ich hörte sie atmen. Ich ahnte, dass es mehr war als ein Spiel, aber was es wirklich war, wusste ich nicht. Schließlich ergriff Rosa meine Hände und löste meine Finger behutsam von ihrer Haut. Danach hörte ich, dass sie sich wieder anzog.

«Du kannst die Augen jetzt öffnen», sagte sie.

Ich musste zuerst blinzeln. Ich war benommen und konnte nichts sagen. Rosa ging zurück zu ihrem Sessel.

«Ich möchte jetzt weiterlesen. Wenn du magst, kannst du morgen wiederkommen. Meine Eltern haben eine neue Platte von den Doors gekauft. Die können wir uns anhören. Aber nicht jetzt.»

Sie ließ sich in den Sessel fallen und schlug das Buch auf. Sie tauchte wieder ein in die *Geschichte der O*, und ich verließ das Zimmer.

An diesem Nachmittag konnte ich an nichts anderes mehr denken. Ich versuchte zu lesen, aber nicht einmal *Der offene Himmel* konnte mich fesseln. Meine Fingerkuppen waren wie elektrisiert. Ich brauchte nur die Augen zu schließen (oder auch nicht), und schon war es, als berührten sie wieder Rosas Haut. Und auf einmal hatte ich einen Verdacht: Ich war in Rosa verliebt.

Am frühen Abend machte ich mit meinem Vater im Garten ein Feuer. Er hatte versprochen, mir zu zeigen, wie man Holz schichtete, um es anzuzünden. Er machte eine Kugel aus zerknülltem Zeitungspapier und erklärte mir dabei das Prinzip eines guten Feuers.

Wie bei allem, musste man auch dabei systematisch vorgehen. Ein Feuer brauchte zwei Dinge: trockenes Holz und Luft. Wenn das Holz feucht war, bekam man nur dicken Rauch, und ohne Luft erstickte das Feuer und konnte sich nicht entwickeln.

Ich merkte mir alles. Im vergangenen Herbst war die Flurdecke im ersten Stock mit Fichtenbrettern verschalt worden, und jetzt wollten wir ein paar der Holzreste verbrennen. Ich holte die kurzen Leisten- und Bretterabschnitte aus der Garage, und mein Vater lehnte sie rundum gegen die große Papierkugel im Zentrum der Feuerstelle. Als er damit fertig war, hatte sein Holzstoß die Form eines Indianerzelts.

So sei es am besten, sagte er zu mir. Das Feuer konnte über dem Boden kalte Luft einziehen, und die heiße strömte nach oben wie durch einen Kamin. Das sei wie bei einer Düse, sagte er, weil er annahm, dass ich es dann noch besser verstehen würde. Das Geheimnis sei, Luft – oder ganz allgemein ein Gas – zu erhitzen und gezielt in eine Richtung strömen zu lassen.

Er bückte sich und steckte ein brennendes Streichholz durch eine Ritze im Holzstapel, um den Papierballen anzuzünden. Wenn man beim Feuermachen mit einem einzigen Streichholz auskomme, sagte er dabei und richtete sich wieder auf, habe man alles richtig gemacht.

Wir sahen zu, wie sich das Feuer entwickelte. Seitlich schlugen kleine Flammenzungen aus dem Holzstoß, das Zeitungspapier qualmte zuerst, dann breitete sich das Feuer aus, und kurz darauf fingen die ersten dünnen Leisten an zu knistern. Es entwickelte sich alles so, wie mein Vater es vorausgesagt hatte. Man hörte die angesaugte Luft durch die Holzritzen zischen, und an der Spitze schlugen die Flammen hoch. Ich hatte schon vorher gewusst, dass er kein zweites Streichholz brauchen würde.

Wir standen am Ende des Gartens und konnten über die Felder bis zum Horizont sehen, der sich abendlich färbte.

«Was ist mit dieser neuen Schlagersendung im Fernsehen?», sagte mein Vater. «Wolltest du die nicht sehen?»

Ich schüttelte den Kopf.

«Ich höre jetzt englische Musik.»

Er sah mich an. «Ach ja?»

«Mit Rosa.»

Ich verspürte den Drang, ihm zu erzählen, was heute geschehen war, wagte es aber dann doch nicht.

«Du magst sie», sagte mein Vater. Es war halb eine Frage, halb bereits eine Feststellung.

«Ja.»

Das schien ihn nachdenklich zu stimmen.

«Sie ist ein kluges Mädchen.»

«Ja, sehr.»

«Manchmal auch etwas altklug.»

Ich wusste nicht, was altklug bedeutete.

«Was heißt das?»

«Das heißt, dass sie ein bisschen zu sehr wie eine Erwachsene sein möchte.» Mit einer Leiste schob er glühende Holzreste zurück in das Feuer. «Aber Kinder sind keine Erwachsenen und sollten auch nicht versuchen, welche zu sein. Wozu? Es ist schön, Kind sein zu dürfen.»

«Mir gefällt es, dass sie nicht so ist wie andere Mädchen», sagte ich.

Er nickte. «Das verstehe ich sehr gut. Du bist wählerisch. Das sollte man auch sein. Aber weißt du, wenn ein Mädchen zu klug ist, muss man sich gut überlegen, ob es zu einem passt.»

«Es ist doch gut, klug zu sein.»

«Ja, das ist es. Aber bei Mädchen kann es auch schwierig werden. Auf Mädchen warten im Leben andere Aufgaben als auf Jungen, das wird auch bei Rosa so sein.» Das Feuer sackte etwas in sich zusammen. «Ich denke dabei in erster Linie an dich. Ich möchte nicht, dass du verletzt wirst. Rosa ist älter als du und schon sehr reif. Sie wird bald andere Freunde finden – erwachsenere Freunde, die vielleicht besser zu ihr passen.»

«Möchtest du nicht, dass ich weiter zu ihr gehe?»

Er legte mir die Hand auf die Schulter. «Aber nein, wenn ihr euch mögt. Aber die Leinhards sind anders als wir. Du wirst noch vielen tollen Mädchen begegnen. Ich rate dir ja nur, deine anderen Freunde nicht zu vernachlässigen.»

«Mache ich nicht.»

Er nickte. «Dann ist ja gut.»

Wir warteten, bis das Feuer heruntergebrannt war. Mein Vater löschte die Glut mit der bereitgestellten Gießkanne und sah dann auf die Uhr. Meine Mutter wäre jetzt wohl mit dem Essen so weit, meinte er, und wir gingen ins Haus.

Im Esszimmer waren wir beide überrascht, dass der Tisch nicht gedeckt war. Da wir meine Mutter auch nicht in der Küche fanden, rief mein Vater nach ihr. Sie antwortete von oben. Sie war im Gästezimmer – eigentlich hielten wir uns dort nicht auf. Es war klein und unbeheizt.

«Es steht gar nichts auf dem Tisch», rief mein Vater.

«Nicht?», rief sie zurück. «Dann hat niemand etwas hingestellt.»

«Aber wieso denn nicht? Und was machst du überhaupt dort oben?»

Meine Mutter kam die Treppe herunter.

«Ich lerne.»

«Du lernst? Was denn?»

«Englisch.»

«Englisch? Wieso lernst du Englisch?»

«Eigentlich lerne ich es nicht», sagte sie, nachdem sie unten angekommen war, «sondern poliere es auf.»

«Na, gut», sagte mein Vater ein wenig ungeduldig. «Wieso *polierst du dein Englisch auf*?»

Meine Mutter hielt ein Buch in der Hand. Es war ein altes Schulbuch. «Wusstest du», sagte sie, «dass ich in Englisch immer die Klassenbeste war?»

«Nein, wusste ich nicht. Aber natürlich finde ich es schön, wenn Englisch dir Freude bereitet. Nur bist du inzwischen nicht mehr in der Schule und musst nicht mehr für Klassenarbeiten lernen.»

«Das tue ich auch nicht.»

«Und was tust du *dann*?»

Sie ging in die Küche, legte das Buch zur Seite und öffnete den Kühlschrank.

«Frau Leinhard hat gesagt, dass Kriminalromane im Moment in Mode sind. Erinnerst du dich daran?»

«Ja. Und?»

«Sie hat auch gesagt, dass diese Romane aus England oder Amerika kommen.»

«Und was heißt das? Du willst sie lesen?»

«Nein, übersetzen», sagte meine Mutter.

«Übersetzen?» Mein Vater war sprachlos.

Sie nahm Wurst und Käse aus dem Kühlschrank. «Was ist daran so sonderbar? Es ist ein großer Markt, hat Frau Leinhard gesagt.»

Mein Vater schüttelte ratlos den Kopf. «Und wie stellst du dir das vor? Denkst du, du könntest bei irgendeinem Verlag anrufen und sagen, dass du in Englisch Klassenbeste warst und für sie deswegen Romane übersetzen möchtest?»

«Warum nicht? Ich kann es doch versuchen.»

«Einen Roman zu übersetzen, lernt man aber nicht in der Schule», wandte er ein.

«Schwieriger als Shakespeare werden diese Krimis schon nicht sein, und den haben wir durchgenommen. Außerdem gibt es Wörterbücher. Und sollte ich am Anfang mit einzelnen Formulierungen nicht klarkommen, wird mir Frau Leinhard bestimmt helfen. Sie ist sehr entgegenkommend und kennt sich in dem Metier aus.»

Mein Vater dachte darüber nach, und dann sagte er: «Du stellst dir das zu einfach vor. Und im Übrigen: Wieso willst du *überhaupt* arbeiten? Das musst du nicht. Wir brauchen kein zusätzliches Einkommen.»

«Es geht mir nicht darum, Geld zu verdienen. Ich möchte das *für mich* machen. Ich habe Lust dazu, und ich glaube, dass ich es kann.»

«Gut, du willst es *für dich* tun. Wirst du demnächst auch *Kommunistin*?»

«Walter, was soll das? Du bist sauer, weil der Tisch nicht gedeckt ist und ich etwas *für mich* getan habe. Vielleicht sollte ich *wirklich* anfangen, mich zu emanzipieren!»

«Was für ein lächerliches Wort. Alle, die sich etwas auf sich einbilden, benutzen es jetzt.»

«Ich verstehe dich einfach nicht. Was stört dich daran, wenn ich übersetzen würde?»

«Ich möchte deine Gefühle nicht verletzen, aber ich sehe die Dinge realistisch.»

«Lass es mich versuchen.»

Mein Vater beruhigte sich etwas. «Es gefällt mir nicht, wenn du arbeitest, das stimmt. Was sollen unsere Freunde von uns denken? Oder meine Kollegen? Dass es nicht reicht, und wir auf einen Zuverdienst angewiesen sind? Es wäre peinlich für mich, das muss dir klar sein.»

«Andere Frauen arbeiten auch.»

«Ja, aber nicht die von leitenden Angestellten. Und was ist mit dem Haushalt? Soll der sich von alleine machen?»

«Das schaffe ich.»

«Im Moment sieht es nicht danach aus.»

Sie schwieg, aber nur kurz.

«Ich habe wirklich gehofft, du hättest Verständnis für mich, aber wie ich sehe, ist das nicht so.»

«Das musst du gerade sagen. *Wer* hat denn hier kein Verständnis für *wen*? Und das schon seit Jahren!»

Darauf antwortete meine Mutter nicht. Sie machte die Kühlschranktür wieder zu und verließ die Küche ohne ein weiteres Wort.

Mein Vater sah mich an. Wahrscheinlich wurde ihm jetzt erst bewusst, dass ich alles mitbekommen hatte. Vielleicht wäre er meiner Mutter sonst nachgegangen, um sich Luft zu machen.

Wir belegten uns ein paar Brote. Das gefiel mir. Mein Vater und ich in der Küche. Dort waren wir gleichermaßen unkundig und würden uns zurechtfinden müssen. Vor dem Kühlschrank waren wir ebenbürtig.

Mit den Broten gingen wir ins Wohnzimmer und setzten uns vor den Fernseher. Ich saß gern mit meinem Vater vor dem Fernseher. Er starrte schweigend auf den Bildschirm. Es ging mal wieder um den Krieg in Vietnam. Gezeigt wurden junge Männer und Frauen, die wie in einem langen Trauerzug durch die Straßen einer großen Stadt gingen und Plakate hochhielten, auf denen zu lesen war: *Verhandeln statt Napalm* oder *Ami go home*.

Mein Vater schüttelte verärgert den Kopf. «Was wollen die bloß? Es geht uns doch gut.»

Er hatte bestimmt recht.

6
Der Geburtstag meiner Mutter

Anfang Mai wurde meine Mutter achtunddreißig, und mein Vater schenkte ihr zum Geburtstag ein Auto – einen Citroën 2CV. Das war zweifellos ein sehr großzügiges Geschenk. Wenn mein Vater ihr so ein Geschenk machen konnte, dachte ich, dann brauchte meine Mutter wirklich kein eigenes Geld zu verdienen.

Als er den Wagen abholte, nahm er mich mit. Es war gar nicht so leicht, das hinzubekommen, ohne dass es auffiel. Ich behauptete gegenüber meiner Mutter, zu einem Freund zu fahren, und radelte zur Haltestelle der Straßenbahn. Dort wartete mein Vater auf mich. Er konnte den 2CV ja nicht mit dem Wagen abholen. Ich fand unsere kleine Verschwörung aufregend. Ein neuer Wagen, ein Zweitwagen! Am schwierigsten war es, mir gegenüber meiner Mutter nichts anmerken zu lassen.

Der 2CV war schneeweiß mit einem roten Dach. Der Autohändler war ein durchtriebener Halsabschneider, das monierte mein Vater gelegentlich, aber aus irgendeinem Grund mochte er ihn trotzdem und blieb ihm treu. Ich mochte ihn auch. Er hatte ein sehr freundliches Lächeln und erlaubte mir, mich hinter das Steuer einer nagelneuen DS 21 in seinem Ausstellungsraum zu setzen. Ich sog den aufregend chemischen Geruch des Wagens ein und bewunderte die blitzenden Armaturen. Der Tacho ging bis zweihundert!

Auf dem Rückweg unserer ersten Fahrt mit dem 2CV saß ich auf dem Beifahrersitz.

«Willst du Gas geben?», fragte mein Vater.

Das hatte er noch nie getan. Und wie hätte ich Nein sagen können! Ich rutschte im Sitz weit vor und streckte das Bein aus, damit ich mit dem linken Fuß das Gaspedal auf seiner Seite erreichen konnte. Ich musste mich dazu beinahe hinlegen und konnte durch das Fenster nur noch den Himmel sehen. Mein Vater nahm den Fuß vom Gaspedal und überließ es mir. Es war ganz leicht herunterzudrücken.

«Etwas weniger», sagte mein Vater. «Versuch, ein Gefühl dafür zu entwickeln. Es gibt nicht nur Vollgas. Mit Autos ist es wie mit Mädchen. Man muss erst ihren Charakter ergründen. Man muss herausfinden, wie sie reagieren, was sie mögen und was nicht. Und wenn du es richtig machst, tun sie, was du willst. Verstehst du?»

«Ja», sagte ich.

Ich gab mir Mühe und versuchte, gefühlvoll Gas zu geben.

«Gut machst du das», sagte mein Vater.

Ich kam mir sehr erwachsen vor. Ich fuhr Auto, sah den Himmel und saß neben meinem Vater. Was wollte ich mehr!

An der Straßenbahn stiegen wir um, er in seinen Wagen, ich auf mein Fahrrad. Jetzt konnte der Geburtstag meiner Mutter kommen.

Die Feier sollte im Garten stattfinden. Es war geplant, nachmittags Kaffee und Kuchen zu servieren und abends Koteletts und Würstchen auf den Grill zu legen. Im vergangenen Sommer waren im Freundeskreis meiner Eltern fahrbare Holzkohlegrills mit seitlichen Ablagen Mode geworden. Seitdem gab es bei uns Ketchup, der vorher eigentlich verpönt gewesen war. Mir gefiel das.

Meine Eltern hatten lange überlegt, ob sie die Leinhards zu der Geburtstagsfeier einladen sollten oder nicht. Sie machten sich darüber Gedanken, weil der Bruder meiner Mutter, Onkel Hartmut, kommen würde. Er war viel älter als meine Mutter und hatte auch nicht den gleichen Vater wie sie. Seiner war im Ersten Weltkrieg gefallen, als meine Großmutter mit Onkel Hartmut schwanger war, und dann hatte sie viele Jahre später noch einmal geheiratet und meine Mutter bekommen. Da mir die Unterscheidung zwischen den verschiedenen Kriegen unklar war, verstand ich die Geschichte eigentlich nicht, zumal Onkel Hartmut selbst im Krieg gewesen war, und das offenbar mit viel Erfolg. Er hatte sich als Pilot von Sturzkampfbombern verdient gemacht und dabei eine Menge Auszeichnungen erworben.

Ich mochte Onkel Hartmut. Er wusste immer spannende Geschichten von seiner Zeit als Pilot zu erzählen, und er war ein Draufgänger. Auf Jahrmärkten schreckte er vor keiner Achterbahn zurück, und im Sommer fuhr er auf dem Rhein Wasserski. Jetzt war ich zu groß dafür, aber vor Jahren war er mit mir huckepack Motorrad gefahren. Und im Schwimmbad sprang er unermüdlich vom Zehner, um mir Mut zu machen, es selbst zu wagen.

Das Problem war, dass meine Eltern, insbesondere mein Vater, befürchteten, Onkel Hartmut und Herr Leinhard würden nicht miteinander auskommen. Onkel Hartmuts Stuka-Geschichten endeten ja zumeist damit, dass er eine feindliche Korvette versenkt oder eine strategisch wichtige Eisenbahnbrücke zerstört hatte. Herr Leinhard würde diese Geschichten als Vietnamkriegsgegner und Kommunist sicher verurteilen, glaubte mein Vater. Er sah zwischen den beiden – Onkel Hartmut und Herrn Leinhard – einen sicheren Eklat voraus.

Meine Mutter fand aber, dass es gar nicht möglich sei, die Leinhards nicht einzuladen. Da sie uns ihrerseits eingeladen hatten, seien wir in der Pflicht, uns zu revanchieren. Und da es sich um ein Gartenfest handelte, würden sie als Nachbarn unweigerlich mitbekommen, dass wir feierten. Meine Mutter wollte die Leinhards nicht vor den Kopf stoßen.

«Hartmut und Herr Leinhard werden gar nicht miteinander ins Gespräch kommen», glaubte sie. «Und wenn, dann werden sie sich schon zu benehmen wissen.»

Am Morgen des Geburtstags holte mein Vater in aller Frühe den 2CV von der Straßenbahnhaltestelle. Er fuhr vor und stieg mit einem Strauß Blumen aus, den er meiner Mutter zusammen mit den Wagenschlüsseln überreichte. Es dauerte ein paar Sekunden, bis sie die Geste verstand. Mit den Blumen hatte sie gerechnet, mit dem Wagen nicht. Einen Moment lang verzog sie das Gesicht, als täte ihr etwas weh. Dann umarmte sie meinen Vater heftig und dankte ihm. Er wirkte begeisterter von dem Geschenk als sie. Sie war noch zu überrumpelt.

«Komm», sagte er. «Wir drehen eine Runde!»

Bei der Fahrt hatte meine Mutter Schwierigkeiten mit der Gangschaltung. Es war eine Revolverschaltung, wie mein Vater ihr erklärte. Die Gänge wurden umgeschaltet, indem man eine Art Stock in das Armaturenbrett hineinschob und wieder herauszog. Außerdem waren sie anders verteilt, als meine Mutter es gewohnt war, sodass es häufig im Motor krachte, wenn sie den Hebel bediente.

Aber irgendwann entspannte sie sich und fand es sehr

lustig, mit ihrem neuen Auto zu fahren. Wenn sie um die Kurve fuhr, schaukelte der 2CV, und ich wurde auf der Rückbank hin und her geworfen. Ich fand das großartig. Die Sitze federten wie ein kleines Trampolin. Es war ein wunderbares Auto.

Dass meine Mutter nun einen eigenen Wagen hatte, war auch bei der Geburtstagsfeier am Nachmittag eins der herausragenden Gesprächsthemen. Einige der Freunde meiner Eltern hatten schon einen Zweitwagen, aber viele noch nicht. Onkel Hartmut beglückwünschte meinen Vater zu seinem generösen Geschenk. Er gab lediglich zu bedenken, ob es nicht doch besser gewesen wäre, ein deutsches Auto, beispielsweise einen Käfer, statt eines 2CV zu kaufen. Mein Vater widersprach.

«Glaube mir», sagte er zu meinem Onkel, «die Franzosen sind ausgesprochen pfiffige Ingenieure. Du solltest sie nicht unterschätzen.»

Da er selbst Ingenieur war, konnte er das beurteilen.

«Sicher», nickte mein Onkel, «ihre Ideen mögen gut sein, aber man hört immer, dass sie bei der Ausführung schludern. Der Franzose berauscht sich an der Idee, wir Deutschen an ihrer Umsetzung.»

Mein Onkel stand kerzengerade und mit strammer Brust da. Er war eine imposante Erscheinung. Dabei war er gar nicht einmal besonders groß. Um Kampfpilot bei der Luftwaffe zu werden, hatte er mir einmal erklärt, war Körpergröße kein wesentliches Kriterium gewesen – im Gegenteil. Die Cockpits der Jagdflugzeuge waren eng, und jedes Kilogramm Körpermasse musste ja mitfliegen. Beim Abfangen der Maschinen nach dem Sturzflug wirkten enorme Gewichtskräfte auf die Piloten.

«Ganz so unbegabt in praktischen Dingen sind die Franzosen nicht», sagte mein Vater. «In irgendeinem Land der Dritten Welt ist einem 2CV mal das Getriebeöl ausgegangen, und da haben die Fahrer Bananen als Schmiermittel ins Getriebe gestopft. Es hat funktioniert.»

«Das ist eine interessante Geschichte», sagte mein Onkel. «Ich vermute aber, dass bei einem Käfer das Getriebe gar nicht erst undicht geworden wäre.»

«Nun ja», sagte mein Vater gut gelaunt, «das mag sein.»

In diesem Moment betraten die Leinhards den Garten. Frau Leinhard trug eine ihrer weit ausgestellten Jeans, ein gelbes, gebatiktes T-Shirt und ein paar bunte Ketten um den Hals. Sie stürzte sich überschwänglich auf meine Mutter und umarmte sie wie ihre beste Freundin, wobei ihre Armreife klirrten.

Der Auftritt fiel auf, und da die Leinhards neu in unserem Bekanntenkreis waren, fragte mein Onkel meinen Vater nach ihnen.

«Unsere neuen Nachbarn. Sie sind nicht sehr interessant, aber Eva hat darauf bestanden, sie einzuladen. Du kennst ja deine Schwester», sagte er. «Möchtest du etwas trinken? Ich kann dir eine Birne oder einen ganz ausgezeichneten Enzian anbieten.»

Ich war enttäuscht, dass Rosa nicht mitgekommen war. Vielleicht würde sie ja noch kommen, hoffte ich. Seit ich ihre Brüste berührt hatte, träumte ich manchmal von ihr. Es waren sehr unklare, intensive Träume. Beim Aufwachen war mein Penis stark vergrößert und ganz fest. Es war beinahe schmerzhaft und beunruhigte mich.

Aus den wenigen Informationen, die mir über diese Dinge zur Verfügung standen, ließ sich nicht mit Sicherheit ableiten, ob diese Veränderung normal war oder nicht. Doch da sie nach dem Aufstehen jedes Mal recht schnell wieder abklang, fragte ich niemanden danach – abgesehen davon, dass ich auch nicht gewusst hätte, wen.

Meine Mutter hatte für die Feier ein schönes, hellblaues Jackenkostüm angezogen, das ich gern mochte. Die Farbe gefiel mir, aber neben der bunten Frau Leinhard wirkte sie blass und nicht wie die Hauptperson des Festes. Die Perlen der Halsketten, die Frau Leinhard trug, waren aus Holz, und ihre offenen Haare wurden von einem geflochtenen Stirnband gehalten.

«Wollte Rosa nicht mitkommen?», fragte ich sie.

«Sie wäre bestimmt gerne gekommen, aber sie ist bei einer Klassenkameradin zum Geburtstag eingeladen. Sie findet zum Glück allmählich Anschluss und lebt sich ein. Ich find's toll, dass ihr euch so gut versteht, das ist für sie ganz wichtig.»

Ich war trotzdem enttäuscht. Obwohl ich mich hätte freuen sollen, dass Rosa Anschluss fand, tat ich es nicht. Wozu sollte sie Anschluss finden, dachte ich, wenn sie doch mich hatte? Und ich hatte ihre Brüste berührt. Durften andere das etwa auch? Ich wurde ganz unruhig. Eigentlich war ich gerne bereit zu teilen und konnte mich auch freuen, wenn andere etwas Aufregendes bekamen. Aber bei Rosas Brüsten war das anders.

«Das Fest ist um acht zu Ende», sagte Frau Leinhard. «Rosa kann dann gerne noch herkommen – natürlich nur, wenn deine Eltern nichts dagegen haben.» Sie zog ihre Zigaretten aus der Jeanstasche und bot meiner Mutter eine an.

«Warum nicht?», sagte meine Mutter. Ich dachte, es

beziehe sich auf Rosa, aber sie nahm eine Zigarette. «Ich habe übrigens darüber nachgedacht, ob ich vielleicht auch einmal versuchen sollte, einen Kriminalroman zu übersetzen. Oder ist das illusorisch?»

Frau Leinhard gab ihr Feuer.

«Sie können Englisch? Aber warum haben Sie das denn nicht gleich gesagt!»

«Es ist sicher eingerostet, aber ich war immer sehr gut. Ich trainiere gerade ein wenig. Mein Mann meint, das wäre eine Schnapsidee.»

«Aber wieso das denn!?», rief Frau Leinhard in ihrer frenetischen Art. «Es ist eine *großartige* Idee! Mein Verlag bringt zwei Romane pro Woche heraus, und Übersetzer dafür werden händeringend gesucht. Ich hänge mich gleich am Montag ans Telefon und fädele das ein.»

«Ich weiß nicht sicher, ob es reicht.»

Frau Leinhard winkte ab.

«Diese Romane sind keine Shakespeare-Dramen.»

«Genau das habe ich meinem Mann auch gesagt!»

Ich hatte meine Mutter noch nie rauchen sehen. Sie hielt die Zigarette zwischen den Kuppen des ausgestreckten Zeige- und Mittelfingers der rechten Hand und zog mit geschürzten, sehr spitzen Lippen. Beim Ziehen wurden ihre Wangen hohl, und kaum hatte sie etwas Rauch in den Mund gesogen, stieß sie ihn auch schon wieder aus. Bei Frau Leinhard war das anders. In ihr schien der Rauch zu verschwinden.

«Männer erwarten, dass wir sie von vorne bis hinten bedienen ...», sagte Frau Leinhard und fügte etwas leiser hinzu: «In jeder Hinsicht ... Nun, Sie wissen schon.»

Ich hatte den Eindruck, mein Vater verfolgte die Strategie, Onkel Hartmut und Herrn Leinhard gar nicht erst aufeinandertreffen zu lassen. Ich sah ihn Herrn Leinhard mal hierhin, mal dorthin lotsen – zu einem seiner Arbeitskollegen oder einem befreundeten Ehepaar.

Abends stellte sich aber heraus, dass sich beide für Fußball interessierten. Um sechs Uhr versammelten sich viele der Männer vor dem Fernseher im Wohnzimmer. Sie verteilten sich in einer Traube um die beiden Sessel und starrten auf den Bildschirm, den mein Vater für die ‹Sportschau› freigegeben hatte.

Er selbst begeisterte sich nur mäßig für Fußball. Ich interessierte mich dafür, allerdings nur im Fernsehen. Am Anfang hatte ich gar nicht verstanden, dass die Spielberichte der ‹Sportschau› lediglich Zusammenschnitte waren. Ich dachte, ein Fußballspiel dauerte etwa fünf bis sieben Minuten. Und da in dieser Spanne ständig Tore fielen, fand ich Gefallen daran.

Herr Leinhard und Onkel Hartmut standen zufällig nebeneinander vor dem Fernseher. Das hatte mein Vater nicht verhindern können. Beide beachteten sich zunächst nicht und starrten gebannt auf das Schwarz-Weiß-Bild. Die Vereine, die im ersten Beitrag gegeneinander spielten, waren Schalke und Hamburg. Als Schalke ein Tor schoss, rissen Onkel Hartmut und Herr Leinhard die Arme hoch.

Es sah gut aus für Schalke, und das schien beiden zu gefallen. Ich wusste, dass Onkel Hartmut Schalke mochte. Er hatte mir bei irgendeiner Gelegenheit mal erklärt, dass Schalke keine Stadt war, sondern ein Arbeiterviertel im Ruhrgebiet, einer traditionellen Bergbauregion. Deswegen betrachtete er die Fußballer von Schalke als die Söhne ehrlicher Bergmänner aus dem einfachen Volk. Sie hatten es ohne Geld, mit nichts als ihrer Fußballbegeisterung bis ganz nach oben geschafft, und davor hatte er großen Respekt.

Warum Herrn Leinhards Fußballherz für Schalke schlug, wusste ich nicht. Es war aber nicht zu übersehen und auch nicht zu überhören. Als die Hamburger ein Tor schossen, stöhnte er vernehmlich auf. Und Onkel Hartmut wollte vorher ein Hamburger Foul gesehen haben. Ein Arbeitskollege meines Vaters widersprach dem zwar, aber Herr Leinhard sprang meinem Onkel sofort bei.

«Aber natürlich war das ein Foul!», rief er aufgebracht. «Haben Sie denn nicht das gestreckte Bein gesehen?»

Und mein Onkel fügte hinzu: «Er hat nie und nimmer den Ball gespielt.»

Von der Szene wurde keine Wiederholung gezeigt, und so blieb die Sache offen. Onkel Hartmut und Herr Leinhard tauschten ein paar abfällige Bemerkungen über den Schiedsrichter aus und rückten noch näher zusammen.

Eine Zeit lang schien Hamburg die überlegene Mannschaft zu sein, aber dann schoss Schalke überraschend ein Tor. Mein Onkel und Herr Leinhard jubelten, und als Schalke ein drittes Tor schoss und schließlich gewann, atmeten sie auf.

Ich ging in den Garten, wo mein Vater unterdessen die Holzkohle anzündete. Seine Krawatte hatte er zwischen zwei Knöpfen ins Hemd gesteckt, damit sie nicht in die Glut baumeln konnte. Ich starrte eine Weile lang fasziniert in den Grill, während er die Hitze gelegentlich mit einem Schuss Bier ablöschte.

«Dort, wo die Kohlen schon durchgeglüht sind», sagte

er, «muss man verhindern, dass sie zu heiß werden. Das Geheimnis ist eine gleichmäßige Glut im ganzen Grill.»

Hin und wieder sah ich zu Rosas Fenster hoch, um festzustellen, ob in ihrem Zimmer schon Licht brannte. Ich hoffte, dass sie pünktlich um acht Uhr zurück sein würde. Die Zeit bis dahin kam mir endlos vor.

Mein Onkel und Herr Leinhard kamen zum Grill und stellten sich dazu. Sie hatten sich nach der Sportschau noch eine Weile über Fußball unterhalten. Jetzt tranken sie jeder ein Bier und warteten auf die Koteletts.

«Sie lehren Philosophie?», erkundigte sich mein Onkel. «Kennen Sie sich darin aus?»

«Oh, nein», sagte mein Onkel gut gelaunt. «Ich baue keine Luftschlösser, sondern echte Häuser.»

Er war Bauunternehmer und als solcher sehr gut im Geschäft. Nach dem Zweiten Weltkrieg hatte man keine Stuka-Piloten mehr gebraucht. Mit den Gerätschaften, die auf den zerstörten Flughäfen herumstanden, hatte er sein Unternehmen gegründet. Jetzt baute er ganze Wohngebiete. Von meinem Vater wusste ich, dass ihm der gegenwärtige Bauboom viel Geld einbrachte.

«Ich verstehe gar nicht», sagte Herr Leinhard, «warum so viele die Philosophie für wirkungslos halten. Im Moment stellt sie die ganze Welt auf den Kopf.»

«Die Philosophie?»

«Marx war Philosoph.»

«Aber ein miserabler, nicht wahr?»

Herr Leinhard rauchte französische Zigaretten. Sie hießen Gitanes, und auf der hellblauen Schachtel war eine Tänzerin abgebildet. Er bot meinem Onkel eine an, der eine nahm.

«Keineswegs.» Er gab meinem Onkel Feuer. «Marx hat die Philosophie aus dem Gefängnis des reinen Denkens befreit. Er ist über alle Philosophen hinausgegangen. Er wollte die Welt nicht nur in Gedanken betrachten, sondern verändern.»

«Das wollte Hitler auch. Aber er ist gescheitert.»

«Bedauern Sie das?»

Mein Onkel blies Rauch aus, der im rötlichen Schein der Glut aufschimmerte. «Ich war Kampfpilot. Niemand verliert gerne.»

Herr Leinhard klopfte Asche auf den Rasen. «Auch nicht, wenn man für eine Verbrecherbande kämpft?»

Onkel Hartmut schüttelte den Kopf.

«Ich habe für Deutschland gekämpft.»

«War das denn nicht das Gleiche?»

Mein Onkel sah Herrn Leinhard an und ließ sich mit der Antwort Zeit. Er zog noch einmal und sagte dann: «Wir waren jung und ebenso davon überzeugt, auf der richtigen Seite zu stehen, wie Ihre Studenten es heute sind, nehme ich an.» So nachdenklich kannte ich ihn gar nicht. «Wenn Sie durch feindliche Linien fliegen und um Sie herum das Flakfeuer aufleuchtet, dann wollen Sie nur eins: durchkommen. Dann haben Sie für Philosophie keine Zeit.»

«Das mag sein», sagte Herr Leinhard. «Ich kenne trotzdem nur eine legitime Waffe: das Wort.»

«Und Libuda», sagte mein Onkel.

Darüber musste Herr Leinhard schmunzeln.

Ich wusste, dass Libuda ein sehr guter Spieler von Schalke war, aber darüber hinaus hatte ich von der Unterhaltung kein Wort verstanden. Kurz nach acht Uhr ging das Licht in Rosas Zimmer an. Ich lief nach drüben und klingelte an der Haustür.

Rosa öffnete und sagte: «Ich wusste, dass du es bist.»

«Die Erwachsenenwelt ist *sooo* langweilig», klagte ich.

«Ich verstehe», sagte sie. «Deswegen kommst du lieber zu mir. Ich bin nicht ganz so langweilig.»

«N-nein», stotterte ich erschrocken. «So habe ich das nicht gemeint.»

«Aber gesagt hast du's. Komm rein.»

Ich folgte ihr bekümmert in ihr Zimmer. Warum hatte ich mich nicht besser ausgedrückt? Wenn ich mich mit meinen Jungenfreunden unterhielt, gab es solche Schwierigkeiten nicht. Vielleicht waren Mädchen besonders empfindlich oder hörten aufmerksamer zu. Warum hatte ich nicht einfach gesagt, ich hätte mich darauf gefreut, sie zu sehen? Oder dass ich den Nachmittag über immer wieder an sie hätte denken müssen.

Das neue Album von den Doors, das sie angekündigt hatte, hieß *Waiting for the sun*.

«Warten auf die Sonne», übersetzte sie.

Auf dem Cover standen die vier Bandmitglieder in der Morgendämmerung und sahen einen an. Der Horizont hinter ihnen leuchtete schon.

Von Rosas Fenster aus konnte man in unseren Garten sehen. Mein Vater stand nicht mehr am Grill. Auf den Ablagen rechts und links der Glut stapelten sich die Koteletts und Würstchen.

Onkel Hartmut unterhielt sich mit Herrn Leinhard und deutete mit der Hand bei abgespreiztem Daumen und kleinem Finger die steil auf den Boden gerichtete Flugbahn eines Stukas beim Angriff an. Er hatte mir dies schon oft vorgeführt, deswegen kannte ich die Geste. Auf der Höhe seines Hosengürtels fing er den Sturzflug der Maschine wieder ab und ließ sie in den Normalflug übergehen.

Meine Mutter unterhielt sich mit Herrn Söhnchen, einem Arbeitskollegen meines Vaters, der mit seiner Frau ab und an bei uns zu Gast war. Er konnte mit den Händen und manchmal auch unter Zuhilfenahme seiner Haare, seiner Ellbogen oder seiner Nase unglaubliche Schattenfiguren an die Wand werfen. Er hatte das Talent von Rudi Carell, mit seinem Erscheinen alle in gute Laune versetzen zu können. Er sagte irgendetwas, und meine Mutter lachte.

Mein Vater saß neben Frau Leinhard auf der Gartenbank. Seinen rechten Arm hatte er ihr um die Schultern gelegt. In der anderen Hand hielt er eines der von ihm gegrillten Würstchen und bewegte es auf ihren Mund zu. Sie öffnete die Lippen, lachte und biss davon ab.

Rosa stellte sich neben mich.

«Ich glaube, dein Vater und meine Mutter mögen sich.»

«Ist doch schön.»

«Ja ... vielleicht.»

«Wieso nur vielleicht?»

Sie zuckte mit den Schultern und winkte ab.

«Ich bin nur ein bisschen müde.»

«Wie war die Geburtstagsfeier?», fragte ich sie.

«Ganz schön.»

«Was habt ihr gemacht?»

«Nichts Besonderes.»

«Waren viele da?»

«Ein paar aus der Klasse.»

«Magst du sie?»

«Warum willst du das alles wissen?»

«Nur so …»

Sie sah mich an.

«Ehrlich gesagt war es ziemlich langweilig. Zufrieden?»

«Aber wieso denn?», sagte ich schnell.

Sie ging nicht weiter darauf ein.

«Das ist mein Lieblingslied», sagte sie. «*Love Street*.»

«Was heißt das?»

«Liebesstraße. *Love* heißt Liebe und *Street* Straße.»

«Und worum geht es?»

«Um eine Frau, die auf der Liebesstraße lebt», sagte sie. «Alles verstehe ich auch noch nicht.» Wir hörten ein paar Takte zu, dann übersetzte sie: «‹Sie ist klug und weiß, was zu tun ist›.»

«Wie du», sagte ich.

«Du denkst, ich wüsste, was zu tun ist?»

«Du bist klug.»

«Ich weiß es aber nicht», sagte sie.

Wir hörten wieder zu.

«Ich mag das Lied auch», sagte ich.

Die englischen Lieder drehten sich also ebenso um die Liebe wie die deutschen. Das war mir immer noch fremd, aber es kam mir so vor, als sei ich dem Geheimnis, warum das offenbar immer und in allen Sprachen so war, durch Rosa etwas näher gekommen.

Meine Mutter tanzte auf unserer Terrasse mit Herrn Söhnchen. Das sah sonderbar aus, weil ihre Bewegungen und Schritte nicht zum Rhythmus der Musik passten, die wir hier oben hinter dem Fenster hörten.

Mein Vater und Frau Leinhard lachten wieder, und er steckte ihr den Rest des Würstchens in den Mund.

7
Apollo 10

Am 18. Mai, einem Sonntag, startete abends um Viertel vor sechs Apollo 10. Es wurde darüber spekuliert, ob die Mission nicht sogar schon eine Landung auf dem Mond zum Ziel haben könnte. Es hieß, alle technischen Voraussetzungen dafür seien gegeben.

Der Flugplan entsprach in den meisten Details dem der für Juli geplanten Landemission. Das Kommandomodul würde in eine Umlaufbahn um den Mond einschwenken und die Mondfähre von dort aus zur Mondoberfläche absteigen. Die beiden Astronauten an Bord sollten dabei alle für eine Landung benötigten Manöver testweise ausführen, aber nur bis zu einer Höhe von vierzehn Kilometern über dem Mond. Ein tieferer Abstieg war nicht geplant, von dort aus sollte die Fähre zum Kommandomodul zurückkehren.

Doch was waren vierzehn Kilometer, dachte ich, wenn man fast vierhunderttausend zurückgelegt hatte! Das kam mir vor, als würde man nach einer Fahrt in den Urlaub auf dem Hotelparkplatz umkehren müssen. Was wäre, wenn sich die Astronauten nicht an die Missionsvorgaben hielten und sich der Mondoberfläche noch weiter näherten? Vielleicht würden sie der Aussicht, die ersten Menschen auf dem Mond zu sein, nicht widerstehen können. Und ich fragte mich, ob *ich* so einer Gelegenheit würde widerstehen können. Ich wusste es nicht. Ich wusste nur, dass es für mich keine größere Verlockung hätte geben können.

Am Samstagabend vor dem geplanten Start saß ich mit meinem Vater vor dem Fernseher. Wir sahen uns die erste Sondersendung dazu an und aßen. Inzwischen waren wir geübt darin, uns abends Brote zu belegen. Meine Mutter hatte das Gästezimmer zu ihrem Arbeitszimmer umfunktioniert und saß an ihrer Übersetzungsarbeit.

Frau Leinhard hatte Wort gehalten und ihrem Verlag meine Mutter als Übersetzerin vorgeschlagen. Daraufhin hatte man ihr einen amerikanischen Roman zugeschickt mit der Bitte, das erste Kapitel probeweise ins Deutsche zu übertragen. Wenn man mit ihrer Arbeit zufrieden wäre, sollte sie den ganzen Roman übersetzen. Seitdem zog sie sich häufig ins Gästezimmer zurück.

Einerseits gefiel es mir, dass meine Mutter nun dasselbe machte wie Frau Leinhard. Es war etwas, das Rosa und ich ab jetzt gemeinsam haben würden. Andererseits war es seltsam, dass die Aufmerksamkeit meiner Mutter nicht mehr nur mir galt. Ich spürte, dass sie sich veränderte oder verändern wollte, und ich war mir nicht sicher, ob das gut für mich war.

Ich fragte meinen Vater, was er davon hielt.

Er überlegte kurz. «Natürlich möchte ich, dass deine Mutter etwas tut, was ihr Freude macht», sagte er. «Aber weißt du, wir können niemals nur das tun, was uns gefällt. Diese Astronauten», fügte er mit Blick auf den Fernseher hinzu, «du hast es ja gerade gehört, müssen sich auch an ihre Missionsbefehle halten und ohne Landung zurückkehren. Wenn Mama übersetzen möchte, dann kann sie das schon tun. Sie muss nur aufpassen, dass daraus nicht der Versuch einer vorzeitigen Mondlandung wird. Es kann und wird nur eine Apollo 11 geben, und darin ist nun einmal nicht für alle Platz. Jeder muss wissen, wo er hingehört. Verstehst du, was ich damit sagen will?»

Ich nickte, obwohl ich mir nicht ganz sicher war. Gab es denn keine Ziele, die man sich stecken sollte? Was war dann mit unseren Träumen? Ich träumte davon, zum Mars zu fliegen, aber vielleicht war für mich in jener Rakete, die eines Tages dorthin aufbrechen würde, ja auch kein Platz. Wozu strengte man sich dann überhaupt an, irgendetwas zu erreichen?

Ich dachte dabei auch an Rosa. Irgendetwas wollte ich bei ihr erreichen, aber ich wusste nicht genau, was das war. Ich freute mich, sie zu sehen, und war gerne mit ihr zusammen. Wollte ich noch mehr Zeit mit ihr verbringen? Wollte ich noch einmal ihre Brüste berühren? Was auch immer es war, das ich wollte – vielleicht würde ich es nie erreichen, weil es für mich nicht vorgesehen war. War es das, was mein Vater mir hatte sagen wollen?

Auf einem Schaubild wurde das geplante Flugmanöver der Raumfähre dargestellt. Davor stand ein Experte, der anhand der Grafik die einzelnen Flugstadien beschrieb. Eine gestrichelte Linie, die einem weit geschwungenen V glich, markierte den Abstieg der Fähre bis kurz über die Mondoberfläche und den anschließenden Wiederaufstieg zurück zum Mutterschiff. Das Bild machte mich traurig. Vielleicht würde ich meinen Träumen immer nur nahe kommen, ohne sie je zu erreichen. Vielleicht glich mein zukünftiges Leben dem Flug von Apollo 10.

Am nächsten Tag fuhren wir zu Onkel Hartmut, der den Start von Apollo 10 zum Anlass nahm, uns seinen neuen Farbfernseher vorzuführen. Wir hatten zu Hause nur schwarz-weiß. Die Aussicht auf einen Apollo-Start in Farbe war so aufregend, dass ich meine trübsinnigen Gedanken vergaß.

Die Leinhards kamen ebenfalls. Es war etwas geschehen, was meine Eltern vor ein paar Wochen für unmöglich gehalten hatten: Mein Onkel hatte sich mit Herrn Leinhard über alle politischen Differenzen hinweg angefreundet. Und so hatte er die Leinhards zum Raketenstart in Farbe eingeladen, den sie ansonsten noch nicht einmal in Schwarz-Weiß hätten sehen können, da sie *überhaupt keinen* Fernseher hatten. Als ich das von Rosa erfuhr, war ich sprachlos. Rosa fand das nicht schlimm, sie las lieber. Ich las auch gern, aber keinen Fernseher zu haben konnte ich mir nicht vorstellen.

Mein Onkel wohnte in einem Haus am Rhein. Er hatte es nach den neuesten architektonischen Ideen mit viel Glas und Flachdach an die Flussböschung bauen lassen. Die Garage verfügte über einen direkten Zugang zum Haus. Von dort gelangte man über eine Treppe in die Küche. Auf der Terrasse konnte man bei klarem Wetter stromabwärts die Türme des Kölner Doms als kleine Zacken sehen.

Tante Mechthild hatte gebacken. Sie stand in dem Ruf, in der Familie das beste Händchen zum Backen zu haben. Frau Leinhard schloss die Augen, um den Apfelkuchen besonders intensiv auf ihrer Zunge zergehen zu lassen. Sie trug über ihrem Batik-T-Shirt einen Tunikaüberwurf aus einem durchsichtigen Nylongewebe mit glitzernden Fransen an den weit ausgestellten Ärmeln und sah wie eine Fee aus. Ich wartete aufgeregt auf den Start.

Das Farbfernsehgerät war von Nordmende und hieß *Spectra Color 20*. Obwohl es nur zwei Sender und das langweilige dritte Programm gab, hatte der Fernseher zehn Stationstasten. Ich kam mir vor wie in der Zukunft. Die Mattscheibe hatte mehr als einen halben Meter Durchmesser und erschien mir riesengroß. Sogar Rosa war von dem Farbbild beeindruckt. Vielleicht haderte sie in diesem Moment mit der Entscheidung ihrer Eltern, ohne Fernseher auszukommen.

Wir sahen uns *Am Fuß der blauen Berge* an.

«Ist dir schon mal aufgefallen, dass in allen Geschichten die Helden immer Männer sind?», sagte Rosa.

Es war mir noch nicht aufgefallen. Aber mir war auch nicht klar, wie es anders hätte sein können – jedenfalls bei einem Western. Die Cowboys waren nun einmal Männer gewesen.

Danach kam nichts mehr, was uns interessierte. Zwar hätte ich allein wegen der Farben gerne weiter geschaut, aber Rosa ging hinaus auf die Terrasse und ich folgte ihr. Am Tisch saßen jetzt nur noch mein Vater, Onkel Hartmut und Herr Leinhard.

«Nun, ich bin durchaus der Meinung, dass sexuelle Aufklärung an die Schulen gehört», sagte Herr Leinhard.

«Bisher hat noch jeder herausgefunden, wie es geht. Andernfalls wäre die Menschheit längst ausgestorben», sagte mein Onkel.

«Ich habe eine Menge fragwürdiger Dinge über diesen neuen sogenannten ‹Sexualkundeatlas› gehört», sagte mein Vater. Dann bemerkte er uns und fügte hinzu. «Wir sollten das Thema wechseln.»

«Ich weiß Bescheid», sagte Rosa.

«Ich auch», behauptete ich.

Wir setzten uns ans Ende des Gartens und taten so, als

würden wir nichts mitbekommen. Aber wir hörten zu. Ich hegte die Hoffnung, durch das Gespräch vielleicht etwas mehr Klarheit über jenes «es» zu erhalten, das zwischen Mann und Frau so wichtig war.

Dieser Wunsch erfüllte sich aber nicht. Herr Leinhard sagte, dass es bei der sexuellen Aufklärung ja nicht um das bloße Wie gehe. Er sprach zuerst gedämpft, aber dann vergaß er uns oder war vielleicht sogar der Meinung, dass wir durchaus hören durften, was er sagte.

«Das Wie findet jeder natürlich irgendwann heraus», gestand er meinem Onkel zu. «Aber wissen Sie, darum geht es gar nicht so sehr. Die Sache ist vielmehr, dass jeder seine eigene Sexualität überhaupt erst kennenlernen muss, und das ist durchaus nicht so leicht, wie es scheint. In den USA werden diese Dinge schon seit Längerem systematisch erforscht. Und nach den neuesten Studien sind Geschlechterrollen keineswegs nur biologisch festgelegt, wie wir alle vielleicht denken, sondern hauptsächlich das Produkt von Erziehung und Sozialisation – also der gesellschaftlichen Erwartung.»

«Sie glauben wirklich, Ihre Frau könnte im Prinzip auch ein Mann sein?», wunderte sich mein Vater. Er rauchte eine von Herrn Leinhards französischen Zigaretten.

«Nicht körperlich. Aber wie wir uns selbst sehen, welche Rolle wir gegenüber uns selbst und anderen annehmen und wie wir uns verhalten, bestimmt die Gesellschaft. Zum Beispiel, ob wir frei mit unserer Sexualität umgehen können oder nicht.»

«Also nein», sagte mein Vater, «dieses ganze Gerede von der sexuellen Freiheit geht meiner Meinung nach in die falsche Richtung. Da wird so getan, als wäre Sexualität etwas völlig Normales wie Fahrradfahren oder Frühstücken. Ehrlich, das ist doch abwegig. Und wenn es so wäre, könnte im Übrigen schnell der Gedanke aufkommen, es doch einfach mal auszuprobieren oder etwas Neues zu versuchen.»

«Und was spräche dagegen?», sagte Herr Leinhard.

«Sie werden aber nicht wollen, dass Ihre Frau sich diese Freiheit nimmt», sagte mein Onkel.

«Es würde mir natürlich nicht gefallen», gab Herr Leinhard zu. «Ich bin ja auch nur ein Produkt meiner bürgerlichen Sozialisation und Erziehung und daher nicht wirklich frei. Aber immerhin ist mir das bewusst, und das ist ein Fortschritt. Mir ist klar, dass ich in diesem Punkt keine Besitzansprüche habe.»

«Aber das ist ein Trick!», rief mein Vater. «Sie geben zu, eifersüchtig zu sein, es aber nicht sein zu *wollen*? Ja, was denn nun?»

Meine Mutter, Tante Mechthild und Frau Leinhard kamen zurück in den Garten. Sie hatten sich am Rheinufer mit seinen Sandbuchten und Buhnen die Beine vertreten und stiegen die Treppe zur Terrasse hoch.

«Ich denke, es ist Zeit für einen Sherry», befand Tante Mechthild und ging ins Wohnzimmer.

Frau Leinhard schwärmte vom Rhein.

«Wir gehen viel zu selten hin», sagte sie zu ihrem Mann.

«Wie du meinst», sagte er.

Der Sherry wurde verteilt. Für Rosa und mich stellte Tante Mechthild Himbeersirup und Wasser auf den Tisch.

«Ja, das Rheinufer ist großartig», pflichtete Onkel Hartmut Frau Leinhard bei. «*Noch* ist es großartig, muss ich allerdings hinzufügen. Es gibt Pläne, das Ganze umzugestalten. Anstatt der Natur ihren Lauf zu lassen, wollen sie ein ‹Naherholungsgebiet›, wie das jetzt heißt, draus machen. So einen Park mit gepflasterten Wegen, Hecken und Gaststätten. Dann ist es hier mit der Idylle vorbei. Wozu das? Man sollte nicht jede Wildnis zähmen wollen.»

Während Frau Leinhard zustimmend nickte, schüttelte ihr Mann den Kopf und nahm die Bemerkung zum Anlass für einen kurzen Vortrag. Er hielt nämlich, wie sich dabei herausstellte, nichts von der Wildnis und zählte uns ihre zahlreichen Nachteile auf: Krankheiten, Naturkatastrophen, Hungersnöte, Seuchen, Überlebenskämpfe, das Recht des Stärkeren und die Macht des blinden Zufalls.

Jede Erfindung dagegen war für Herrn Leinhard ein Sieg der Vernunft und ein Schritt zur Verbesserung der Welt: Penicillin, Elektrizität, industrielle Landwirtschaft, Hygiene, Pestizide, Verhütung, Atomkraftwerke. Auf nichts davon werde die Menschheit in Zukunft verzichten können, wenn alle in Wohlstand leben wollten.

«Die Technik wird sich nicht aufhalten lassen.» Er nippte an seinem Sherry. «In fünfzig Jahren ist für die Wildnis, für das unkontrollierte Wuchern auf der Erde kein Platz mehr. Wir sind als Spezies aus der Wildnis hervorgegangen, aber jetzt müssen wir sie abschaffen. Die Menschheit kann nicht auf ewig in ihrer Gebärmutter bleiben.»

Tante Mechthild nahm die Sherryflasche zum Nachschenken zur Hand. Sie war die Einzige, deren Glas bereits leer war. Ich hatte beobachtet, dass sie es schon einmal aufgefüllt hatte. Sie trank jetzt ihren dritten Sherry.

«Zu dieser Vision passt der Raketenstart doch ganz hervorragend», sagte mein Vater. «Übrigens ist es in einer halben Stunde so weit.»

Onkel Hartmut nahm die Sherryflasche vom Tisch, ging ins Wohnzimmer und schaltete den Fernseher ein. Die Sondersendung zum Start hatte begonnen. Der Countdown wurde eingeblendet. Dazu gab es Aufnahmen von den winkenden Astronauten, die vor ein paar Stunden in die Kapsel geklettert waren.

Der Himmel über Cape Kennedy war blassblau, und manchmal liefen Verzerrungen von oben nach unten durch das Bild. Wahrscheinlich lag es daran, dass es sich um eine Satellitenübertragung handelte. Die Rakete stand neben dem Versorgungsturm auf der Startrampe und stieß auf halber Höhe zwei waagerechte weiße Dampfwolken aus.

«Ob das so richtig ist?», meinte Rosa.

«Das ist immer so», sagte ich.

«Wie eng die Kapsel ist.»

«Die Astronauten liegen ja.»

«Ich würde sicher Platzangst kriegen.»

Die Frauen waren draußen geblieben. Tante Mechthild kam ins Wohnzimmer und holte sich die Sherryflasche zurück. Onkel Hartmut nannte seinen Fernseher ein Wunderwerk der Technik. Mein Vater und Herr Leinhard rauchten.

Irgendwann fiel der Countdown unter fünf Minuten. Am unteren Bildschirmrand wurden die rückwärts zählenden Sekunden bis zum Start eingeblendet. Wenn man ihr dabei zusah, verging die Zeit ziemlich langsam.

Bei 1:40 kam Frau Leinhard ins Zimmer und fragte ihren Mann, ob er eine Zigarette habe.

«Jetzt nicht!», rief er ziemlich barsch, und ohne den Blick vom Bildschirm zu wenden.

Mein Vater hatte sich gerade eine angezündet und reichte sie ihr. Sie bedankte sich bei ihm mit einem kurzen Aufleuchten ihres Blicks.

«In einer Minute hebt sie ab», sagte Herr Leinhard.

Seine Frau beachtete ihn nicht und ging hinaus.

In den letzten Sekunden wurde die Stimme des amerikanischen Kommentators dazugeschaltet. *Forty seconds in counting. Final check of the computer.* Der Rumpf der Rakete flirrte, während er die Sekunden herunterzählte. Bei *T minus five seconds* stießen die Triebwerke dicht quellenden Rauch aus, der die ganze Rakete einhüllte. Die Zündung färbte ihn feuergelb. Nach fünf oder zehn Sekunden tauchte die Spitze der Rakete aus der riesigen Abgaswolke auf und stieg langsam, aber stetig höher und höher. Der Feuerstrahl aus ihren Triebwerken war so lang wie sie selbst. Ich stellte mir vor, wie es wäre, in der Kapsel zu sitzen und mit ihr aufzusteigen in den offenen, unendlichen Himmel und darüber hinaus. Wie hätte ich da Platzangst haben können?

«Du würdest wirklich mitfliegen wollen?»

«Ich kann mir kein größeres Abenteuer vorstellen.»

«Ich schon», sagte Rosa.

«Und was?»

Sie schwieg. Wir saßen wieder am Ende des Gartens. Ich sah auf in die Dämmerung. Irgendwo dort oben, zwei- oder dreihundert Kilometer über unseren Köpfen, war Apollo 10 im Erdorbit. Und auch das war nur eine Zwischenstation. Bald schon würden die Triebwerke erneut gezündet und das Raumschiff auf Kurs zum Mond bringen.

Erste Sterne wurden sichtbar. Vielleicht hätte ich den Arm um Rosa legen sollen, so wie mein Vater es bei Frau Leinhard getan hatte. Wenn Erwachsene es so machten, war es wohl richtig. Ich traute mich trotzdem nicht.

Zum Abendessen gab es kalten Braten und Eier mit Senf. Die Erwachsenen tranken Wein. Rosa und ich bekamen diesmal keinen, was ich schade fand.

Nach dem Essen verkündete Onkel Hartmut: «Ich kann *auch* eine Rakete bauen. Wie die NASA.»

Er hatte den Trick, den er uns vorführen wollte, natürlich vorbereitet. Neben seinem Teller lag ein Papiertaschentuch. Er zog davon eine der hauchdünnen Gewebelagen ab und formte aus ihr vorsichtig eine Röhre, die er an einem Ende zu einer Spitze verzwirbelte. Dann stellte er diese «Rakete» – sie war bei Weitem nicht so schlank wie die Saturn V, aber mit der weißen Spitze konnte man sie als Rakete gelten lassen – auf den Tisch.

Wir sollten die Daumen drücken, ein bisschen Glück gehöre dazu. Mein Onkel zündete die gezwirbelte Spitze an, und einen Moment lang sah seine «Rakete» wie eine brennende Kerze aus. Doch dann wanderten von der Spitze aus kleine Feuerzungen auf dem dünnen Papiergewebe abwärts, und plötzlich hob die Rakete ab! Angetrieben von dem Feuer an ihrem Fuß, stieg sie in den Abendhimmel.

Wir beklatschten das gelungene Kunststück, auch wenn die Flugbahn nicht ganz so perfekt war wie die der Saturn V, die heute zum Mond gestartet war. Ein ungünstiger Luftzug ließ Onkel Hartmuts Rakete einen Meter über dem Tisch ins Trudeln geraten. Sie kippte ab und sauste geradewegs auf Frau Leinhard zu. Wir klatschten

immer noch, als die Rakete auf Frau Leinhards Fransen-
tunika stürzte und das durchscheinende Nylongewebe
sofort in Brand setzte.

Einen Moment lang herrschte Stille. Keiner konnte
wirklich glauben, was er sah. Feuerzungen breiteten sich
auf der Tunika aus und wanderten auf Frau Leinhards
Oberkörper in alle Richtungen. Sie sprang auf und schrie
und schlug mit beiden Händen auf die Flammen ein. Es
waren aber schon zu viele, um sie einzeln zu löschen.

Wir waren alle wie gelähmt. Es sah so aus, als stünde
Frau Leinhard in Flammen. Am schnellsten reagierte
meine Mutter. Sie ergriff die Wasserkaraffe für den Him-
beersirupaufguss und goss den Inhalt mit Schwung gegen
Frau Leinhards Brust. Das dämpfte die Flammen vorne,
aber sie hatten sich schon auf den Rücken ausgebreitet.
Frau Leinhard ließ sich zu Boden fallen und wälzte sich in
der Pfütze des Aufgusswassers.

Mein Vater sprang auf. Er riss sich das Jackett vom
Leib. Vielleicht wollte er damit die Flammen ersticken.
Mit Feuer kannte er sich ja aus. Aber inzwischen waren
keine Flammen mehr zu sehen. Frau Leinhard hatte das
Feuer durch ihre Drehungen auf dem nassen Boden alleine
gelöscht.

Onkel Hartmut brachte seine Fassungslosigkeit mit hef-
tigen Flüchen zum Ausdruck. Er flehte Frau Leinhard um
Entschuldigung an. Tante Mechthild trank stumm und
wie ferngesteuert in einem Zug ihr Rotweinglas aus und
stierte dann auf die Flasche.

Der Einzige, der überhaupt nichts tat, war Herr Leinhard. Er saß da wie eine Statue. Das flammende Oberteil
seiner Frau hatte ihn kurzzeitig rötlich angeleuchtet. Jetzt

sah es so aus, als sei aus seinem Gesicht sämtliche Farbe gewichen und als würde er nicht einmal mehr atmen.

Der Gestank des verbrannten Nylons hing stechend in der Luft. Mit den romantischen Ausdünstungen von knisterndem Holz hatte er nicht das Geringste zu tun. Ich dachte an das Feuer, das ich mit meinem Vater im Garten gemacht hatte. Auf einmal ergriff jemand meine Hand. Es war Rosa, die neben mir saß. Ihre Hand war kühl und feucht.

Frau Leinhard richtete sich auf. Meine Mutter kniete sich neben sie und legte ihr den Arm um die Schulter. Frau Leinhard blieb weinend auf dem Rasen sitzen. Mein Vater wusste nicht recht, wohin mit seinem Jackett, das nun doch nicht gebraucht wurde.

Onkel Hartmut gewann allmählich seine Fassung wieder. Er wollte Frau Leinhard ein Glas Wasser anbieten, aber die Karaffe war leer. Er forderte Tante Mechthild auf, Frau Leinhard trockene Kleidung zu holen. Sie schrak zusammen, als er sie ansprach, stand auf und ging ins Wohnzimmer.

Endlich regte sich auch Herr Leinhard. Er hockte sich neben seine Frau und wollte irgendetwas für sie tun, aber sie sagte nur, dass sie nach Hause wollte. Er nickte und half ihr auf. Im Wohnzimmer fiel ihm Rosa ein. Er bat meine Eltern, sie mitzunehmen. Sie nickten sofort, es war für sie selbstverständlich.

Wir blieben nicht mehr lange. Onkel Hartmut versuchte meine Eltern zu überreden, auf den Schreck noch ein Glas Wein oder etwas Kräftigeres zu trinken, aber das wollten sie nicht. Es kam selten vor, dass Onkel Hartmut nicht mehr weiterwusste, aber diesmal war es so.

Tante Mechthild ließ sich nicht mehr blicken. Sie verabschiedete sich auch nicht von uns, als wir schließlich gingen, und meine Eltern fragten nicht nach ihr. Im Wagen machte mein Vater eine Bemerkung über die leichte Entflammbarkeit von Nylon. Mehr wurde nicht gesagt.

Zu Hause angekommen, wunderten wir uns, dass bei den Leinhards kein Licht brannte. Es machte auch niemand auf, als meine Mutter an der Haustür läutete. So nahmen wir Rosa mit zu uns.

Kurze Zeit später klingelte das Telefon. Herr Leinhard rief aus einer Telefonzelle an. Seiner Frau waren erst im Wagen die zum Teil schmerzhaften Verbrennungen an ihren Armen und in ihrem Nacken zu Bewusstsein gekommen, und so hatte er sie nicht nach Hause, sondern ins nächste Krankenhaus gefahren.

Die Diagnose hatte aber zum Glück ergeben, dass die Verbrennungen nur oberflächlich waren. Mithilfe von Brandsalbe würde alles wieder in Ordnung kommen. Herr Leinhard fragte, ob Rosa bei uns übernachten könne.

Meine Mutter richtete das Gästezimmer her. Sie hatte sich dort in den vergangenen Wochen zum Übersetzen ausgebreitet und musste jetzt ihre Sachen beiseiteräumen.

Während sie das Bett machte, saß ich mit Rosa in meinem Zimmer. Sie hatte noch keinen Ton gesagt, seit das Unglück passiert war.

«Weißt du, was ganz komisch ist?», sagte sie jetzt.

«Nein, was denn?»

«Dass ich gar nichts gespürt habe.»

«Wann?»

«Vorhin», sagte sie. «Die Kleidung meiner Mutter stand

in Flammen, aber ich hatte keine Angst, ich war nicht entsetzt. Ich habe *gar nichts* gespürt. Ich war wie abgeschaltet. Wie kann das sein?»

Ich fand das weniger beunruhigend als sie.

«Wir hatten mal einen Autounfall», erzählte ich ihr. «Da hat mein Vater auch so etwas gesagt. Der Wagen ist auf Eis aus der Kurve gerutscht und gegen einen Zaun geprallt. Uns ist nichts passiert, aber wir waren danach alle stumm. Mein Vater meinte, es kommt später. Man nennt das Schock, hat er gesagt.»

Sie sagte lange nichts.

«Ja ... Kann sein ...»

Meine Mutter brachte sie ins Gästezimmer, und ich legte mich ins Bett. Aber irgendwann in der Nacht kam Rosa zu mir, und wir schliefen zusammen ein.

8
Krocket

Frau Leinhard gewann ihre alte Form, ihren Lebensenthusiasmus schnell wieder. Als sie nach ein paar Tagen vom Einkaufen kam, tat sie so, als wäre nichts gewesen. Sie hatte noch ein paar Brandpflaster auf der Haut, aber sie fielen nicht besonders auf. Vielleicht hatten meine Eltern aber doch ein schlechtes Gewissen, obwohl sie mit dem Unfall ja nichts zu tun gehabt hatten. Jedenfalls luden sie die Leinhards gleich für das kommende Wochenende zum Krocketspielen in den Garten ein.

Ich war wieder im Weltraumfieber. Am Donnerstag erreichte das Landemodul von Apollo 10 seine größte Annäherung an den Mond. Die NASA hatte dem Versorgungsschiff und der Mondfähre die Namen Charlie Brown und Snoopy gegeben. Ich durfte länger aufbleiben, um die Livebilder von Snoopys Annäherung an die Mondoberfläche zu sehen.

Ich war überwältigt. Das also war der Mond! Und es geschah genau jetzt, in diesem Augenblick! Nur fünfzehn Kilometer über seiner Oberfläche – kaum höher als ein Verkehrsflugzeug über dem Erdboden – schwebten Menschen. Wie gerne wäre ich an ihrer Stelle gewesen, wie gerne hätte ich all das aus dieser unfassbaren Nähe gesehen: die kreisrunden Krater, die schwarzen Täler, die leuchtenden Gebirgsspitzen und ihre zackigen Schatten.

Beim Wiederaufstieg von Snoopy zu Charlie Brown kam es allerdings zu einem ernsten Zwischenfall. Eine Düse zündete nicht richtig oder zum falschen Zeitpunkt, und Snoopy fing an zu trudeln. Auf einmal drehte sich die Mondoberfläche im Bordfenster, als stünde die Fähre auf einem Jahrmarktskarussell. Die Stimmen der Astronauten verrieten, dass etwas nicht in Ordnung war.

Später sollte sich herausstellen, dass das gesamte Projekt der Mondlandung in diesem Moment auf der Kippe gestanden hatte. Erst zwei Sekunden vor einem unumkehrbaren und endgültigen Kontrollverlust war es den Astronauten gelungen, die Mondfähre zu stabilisieren und zurück auf Kurs zum Apollo-Mutterschiff zu bringen. Hätten sie es nicht geschafft, den Fehler zu korrigieren, wären sie verloren gewesen und mit Snoopy auf die Mondoberfläche gestürzt.

Im Bett lag ich noch lange wach. Ich dachte an Rosas Behauptung, es gebe außer der Mondlandung noch andere, ebenso spannende Abenteuer. Nach dem, was ich an diesem Abend gesehen hatte, hielt ich das für ausgeschlossen. Was konnte es Spannenderes geben, als über der Mondoberfläche ins Trudeln zu geraten und in letzter Sekunde zum Helden zu werden?

Die Leinhards kamen am Sonntag um drei. Während sie mit meinen Eltern Kaffee tranken, steckten Rosa und ich die Krockettore ins kurze Gras. Mein Vater hatte den Rasen am Samstag wie üblich gemäht und die Kanten geschnitten, er war für das Spiel perfekt. Ich hatte im vorigen Sommer einen gewissen Ehrgeiz entwickelt, besonders originelle Kurse mit kleinen eingebauten Schikanen zu entwerfen. Mal ordnete ich die Tore sehr weit voneinander entfernt an, sodass man Gefahr lief, die Kugel mit einem kräftigen, aber nicht genau genug gezielten Schlag ins Rosenbeet oder unter die Blaufichte hinter der Garage zu schießen. Mal steckte ich sie im rechten Winkel direkt nebeneinander, sodass man bei einer passenden Vorlage auch beide Tore mit einem einzigen Schlag durchlaufen konnte. Da das aber meistens misslang, musste man sich vor diesen Toren zwischen einer sicheren, langsamen und einer schnellen, waghalsigen Variante entscheiden.

Rosa hatte noch nie Krocket gespielt. Ich erklärte ihr die simplen Regeln, dass der Reihe nach geschlagen wurde und es darum ging, den gesteckten Parcours mit möglichst wenigen Schlägen zu durchlaufen. Wichtig war, dass man nach einem geglückten Schuss durch ein Tor einen weiteren Schlag bekam. Es war also eine Art lückenloser Start-Ziel-Sieg möglich, wenn es einem gelang, mit jedem Schlag das jeweils nächste Tor zu treffen. Aber das kam praktisch nie vor – jedenfalls nicht bei *meinen* Kursen!

Nachdem wir mit den Toren fertig waren, setzten wir uns an den Kaffeetisch. Meine Mutter erzählte den Leinhards, dass sie mit ihrer Probeübersetzung vor ein paar Tagen fertig geworden war.

«Und wie ist der Titel?», erkundigte sich Herr Leinhard.

«Auf Englisch: *The Brave, Bad Girls*.»

Frau Leinhard übersetzte: «Die mutigen, bösen Mädchen. Das gefällt mir.»

«*Brave* kann auch tapfer heißen», sagte meine Mutter.

«Ich finde mutig passender.»

«Oder unerschrocken und beherzt. Bei beherzt würde man das doppelte B erhalten. Es ist ja ein Wortspiel.»

«Die *be*herzten, *bö*sen Mädchen? Ich weiß nicht.»

«Was gefällt Ihnen an den *bösen* Mädchen?», fragte mein Vater Frau Leinhard.

Sie kniff die Augen zusammen, dass es drohend wirkte, senkte ihre Stimme und sagte: «Sind denn die bösen Mädchen nicht insgeheim die begehrtesten?»

Herr Leinhard blies den Rauch seiner Gitanes in den Garten. «Mythologisch gesehen ist das Motiv der gefährlichen Frau, die den Mann oft tödlich betört, sehr alt. Bei den Griechen waren es Circe und die Sirenen, in der Bibel Salome, und heutzutage ist es die moderne Femme fatale wie Lola im *Blauen Engel*, die dem biederen Professor Rath zum Verhängnis wird. So gesehen müsste man *brave* eigentlich mit *unwiderstehlich* übersetzen. Die unwiderstehlich bösen Mädchen.»

«Worum geht es im ersten Kapitel denn?», erkundigte sich Frau Leinhard.

«Ein Privatdetektiv wird von einer schönen jungen Frau angerufen ...»

«Was habe ich gesagt», unterbrach sie Herr Leinhard. «Sie *ist* natürlich unwiderstehlich.»

Meine Mutter schüttelte den Kopf.

«Nein, so schematisch ist es nicht. Sie ist schön, aber der Held verfällt der Frau nicht – jedenfalls nicht im ersten Kapitel. Da beauftragt sie ihn. Sie bietet ihm 200 Dollar, wenn er sie aus einem Hotel bringt.»

«200 Dollar für eine männliche Begleitung? Ist das nicht etwas viel?», überlegte mein Vater.

«Das sagt sich der Held auch, aber er nimmt an.»

«Und dann?»

«Sie nehmen den Hinterausgang des Hotels. Aber dann verschwindet die junge Frau plötzlich in der Dunkelheit, und der Privatdetektiv wird von zwei dort wartenden Gangstern zusammengeschlagen.»

«Also bitte: fatal», sagte Herr Leinhard.

Meine Mutter nickte nachdenklich.

«Für welche Übersetzung entscheiden Sie sich?», fragte Frau Leinhard.

«Ich finde, Ihr Mann hat recht», sagte mein Vater und drückte seine Zigarette in den Aschenbecher. «*Die unwiderstehlich bösen Mädchen* scheint es am besten zu treffen.»

«Aber entspricht das denn nicht nur dem, wie Männer es sehen wollen: unwiderstehlich böse?», sagte meine Mutter. «Was ist mit der weiblichen Perspektive?»

«Es ist aber doch ein Mann, der den Roman geschrieben hat, oder?»

«Er heißt Thomas Dewey», nickte sie und beendete dann die Diskussion. «Es ist noch zu früh, sich über diese Dinge Gedanken zu machen.»

«Ich glaube sehr daran, dass es mit dem Übersetzungsauftrag klappt», sagte Frau Leinhard.

«Ich hoffe lieber nicht darauf. Dann bin ich nicht enttäuscht, falls es nichts wird.»

«Das ist vernünftig», sagte mein Vater.

«Ich weiß, dass du *hoffst*, dass es nichts wird.»

«Das ist nicht wahr.»

«Doch, das ist es.»

Herr Leinhard nahm den letzten Zug aus seiner Gitanes. «Warum sollte es nicht klappen? Das sprachliche Niveau solcher Romane hält sich bekanntermaßen in Grenzen.»

«Ich habe das gar nicht so empfunden», sagte meine Mutter. «Ich finde das Buch recht gut geschrieben. Ein bisschen wie Böll, aber ohne den politischen und moralischen Hintergrund.»

«Sie sehen», sagte Frau Leinhard zu meiner Mutter, «unsere Männer wollen nicht wahrhaben, dass wir auch etwas leisten können. Aber das werden wir ihnen beweisen.»

«*The Brave, Bad Girls*», sagte Herr Leinhard.

«Zuerst einmal werden wir sie beim Krocket haushoch schlagen!»

Damit war die Zusammensetzung der Teams für die erste Runde entschieden. Meine Mutter und Frau Leinhard würden zusammenspielen, Rosa und ich und mein Vater und Herr Leinhard.

Ich war ein guter Spieler und hoffte, Rosas Unerfahrenheit ausgleichen zu können. Herr Leinhard würde bestimmt schlecht spielen, weil er sich hauptsächlich für Bücher interessierte. Doch dann fiel mir ein, dass Onkel Hartmut und er Fußballfans waren.

Mein Vater war als Krocketspieler ehrgeizig und offensiv, aber er schoss oft daneben. Meine Mutter wiederum spielte meistens zu defensiv, aber manchmal versetzte sie alle mit einem perfekten Schlag in Erstaunen. Und Frau Leinhard würde mit ihrer Begeisterung für alles sicher meist übers Ziel hinausschießen.

Ich traute mir zu, mit diesen Unwägbarkeiten fertigzuwerden. Rosa und ich durften beginnen. Der Start-Ziel-Pflock war etwa zwei Meter vom ersten Tor entfernt, das war eine gute Länge, um sich warm zu spielen. Rosa überließ mir den ersten Schlag.

Es gab zwei mögliche Varianten. Ich konnte versuchen, das erste Tor gleich mit einem langen Ball zu durchqueren, aber das Risiko war hoch. Ein Fehlschlag wäre – insbesondere vor Rosa – kein guter Beginn gewesen.

Sicherer war eine gute Vorlage. Die würde ihr als ungeübter Spielerin einen leichten Einstieg ermöglichen. Mir gelang ein schöner, gerader Ball, der zwar ein wenig seitlich, aber, wie erhofft, gut verwandelbar etwa dreißig Zentimeter vor dem Tor liegen blieb.

Nach mir legte sich Frau Leinhard die Kugel am Startpflock zurecht. Sie ergriff ihren Schläger und ließ ihn ein paarmal über der Kugel pendeln, bevor sie zuschlug. Der Ball sauste los, viel zu schnell, wie ich schon angenommen hatte, dafür aber geradewegs auf meine so gut vor dem ersten Tor platzierte Kugel zu. Es kam zur Kollision, und beide Kugeln rollten – die eine rechts, die andere links – am Tor vorbei.

Frau Leinhard freute sich, weil sie immerhin irgendetwas getroffen hatte. Für meinen Vater war der Weg zum Tor nun frei. Er hatte sich in der Wartezeit eine Zigarette angezündet, die in seinem Mundwinkel qualmte, als er zielte. Er kniff ein Auge zusammen – ob wegen des beißenden Rauchs oder um besser zielen zu können, war nicht ganz klar –, holte aus und schlug.

Ich hatte auf einen seiner knappen Fehlschläge gehofft, aber er traf das erste Tor souverän und sicherte sich und Herrn Leinhard damit eine komfortable Führung. Während er gleich noch einmal schlagen durfte, mussten wir anderen wegen Frau Leinhards Karambolagetreffer unsere Kugeln erst einmal zurückspielen. Ich war erleichtert, dass mein Vater das zweite Tor verfehlte.

Rosa erwies sich bei ihrem ersten Schlag als begabte Spielerin. Es gelang ihr, den Ball wieder in eine gute Position zu bringen, ebenso wie meiner Mutter, die nach ihr an der Reihe war. Danach fehlte nur noch Herr Leinhards erster Schlag. Er betrachtete die Spielsituation auffällig lange. Ich fragte mich, worüber er eigentlich nachdachte. Die Kugel lag günstig vor dem zweiten Tor, und was zu tun war, war klar.

Schließlich schritt er auf den Ball zu und brachte seinen Schläger in Stellung. Er holte kaum aus, tippte den Ball bloß an und schaffte mit seinem übervorsichtigen Schlag nur etwa zwanzig Zentimeter. Das reichte nicht. Dadurch wurde der Vorsprung, den mein Vater herausgespielt hatte, wieder einholbar.

Frau Leinhard entwickelte auch im weiteren Verlauf der Partie keinen ausgeprägten spielerischen Ehrgeiz oder gar Siegeswillen. Dafür war sie aber eine umso intensivere Bewunderin der Schläge meines Vaters.

«Nein!», rief sie ein ums andere Mal aus, «Das ist ja fantastisch. Das ist ja unglaublich! Wie machen Sie das?»

Und als mein Vater es dann auch noch bilderbuchhaft schaffte, die Birkenwurzel, die ich als Hindernis in den Parcours eingebaut hatte, als Schanze zu benutzen, von der aus die Kugel über fast einen halben Meter perfekt ins nächste Tor sprang, applaudierte sie spontan.

Mein Vater war so ungewöhnlich gut in Form, dass es schwer werden würde, ihn zu schlagen – auch mit Herrn Leinhard als Klotz am Bein. Meine Mutter und Frau Leinhard hatten keine Chance, aber auch Rosa und ich hielten nur mit Mühe Anschluss.

Eigentlich hatte ich Rosa einen Sieg schenken wollen, aber das war kaum noch zu schaffen. Meine letzte Hoffnung richtete sich auf die Über-Eck-Schikane, die ich als letzte Hürde vor dem Zielpflock in den Rasen gesteckt hatte. Vielleicht riss die Trefferserie meines Vaters ja dort.

Herr Leinhard dachte lange über das Problem der Schikane nach. Anstatt sie mit zwei Schlägen zu bewältigen, entschied er sich schließlich für eine Art Billardvariante. Er setzte auf eine Reflexion der Kugel am Bügel des ersten Schikanentors ins zweite Schikanentor. Der Bügel war aber viel zu weich und bog sich unter dem Anprall seiner Kugel zur Seite, sodass sie außen am Tor vorbeirollte. Das war unsere Chance, in Führung zu gehen.

Ich brauchte einen gefühlvollen Schlag, damit der Ball zwischen den beiden Toren der Schikane liegen blieb. Aber ich verzog und schlug zu kurz und verpasste die Chance, in Führung zu gehen. Es würde also auf ein Endspiel zwischen uns, Rosa und mir, und dem Väterteam hinauslaufen.

Deswegen achteten wir nicht besonders auf den nächsten Schlag meiner Mutter. Wir nahmen an, dass er für den Ausgang des Spiels nicht von Bedeutung sein würde. Allerdings holte sie mit einem ihrer zuweilen perfekten Bälle ein Tor auf. Frau Leinhard jubelte und schien schon bereit, an ein Wunder zu glauben. Meine Mutter sah ein paarmal zwischen dem Ball und dem nächsten Tor hin und her, holte aus und traf noch einmal.

Jetzt verstummte Frau Leinhard vor Aufregung. Wenn meiner Mutter noch so ein Schlag gelang, konnte sie sogar in Führung gehen. Und sie tat es: Ihre Kugel rollte durch das erste Schikanentor und blieb knapp dahinter liegen – so, wie ich es eigentlich für meinen Ball geplant hatte.

Ich versuchte zu verstehen, was gerade geschah. Meine Mutter zeigte bei alldem kaum eine Regung oder innere Anspannung. Es schien, als wäre sie ganz woanders oder nur bei sich. Sie hätte sich über ihre perfekten Schläge freuen können, aber sie schritt wie geistesabwesend auf die Kugel zwischen den beiden letzten Toren zu.

Was ging in ihr vor? Was ging *überhaupt* in ihr vor? Nicht nur jetzt, sondern wenn sie kochte oder las oder im Garten Blumen goss. Zum ersten Mal hatte ich das Gefühl, meine Mutter überhaupt nicht zu kennen.

Irgendwie rechneten wir jetzt wohl alle damit, dass sie das Spiel auch gewinnen würde. Nach der Schikane musste sie nur noch am Zielpflock anschlagen. Die Kugel blieb aber zwanzig Zentimeter vor dem Pflock liegen. Wir hätten also noch aufholen können.

Rosa bot an, mir ihren nächsten Schlag zu überlassen. Ich freute mich über diese Geste, aber ich nahm das Angebot nicht an. Sie machte ihre Sache gut, aber es lief dennoch darauf hinaus, ob es Frau Leinhard mit dem nächsten Schlag gelingen würde, den Zielpflock aus zwanzig Zentimetern Entfernung zu treffen oder nicht.

Sie machte wie üblich ein Brimborium darum. Angeblich hatte sie panische Angst, den Pflock zu verfehlen. Das war aus dieser geringen Distanz gar nicht so leicht, ihr aber zweifellos zuzutrauen. Sie stellte sich in Position und atmete ein paarmal tief durch. Dann holte sie aus, schlug – und traf.

Mein Vater erwies sich als guter Verlierer. Er ging «Zielwasser» holen und verteilte es an die Erwachsenen. Frau Leinhard umarmte meine Mutter eine halbe Ewigkeit. Die beiden hatten es den Männern gezeigt, ganz so, wie Frau Leinhard es geplant und angekündigt hatte. Sie ließ meine Mutter nicht mehr los.

Nach dem zweiten oder dritten «Zielwasser», erteilte mein Vater Frau Leinhard Schlagunterricht. Er stellte sich dicht hinter sie, umfasste ihre Taille und ergriff mit ihr zusammen den Schläger. Von vorne sah es so aus, als hätte Frau Leinhard vier Arme.

Die Schlagbewegung, erläuterte er ihr, dürfe auf keinen Fall aus dem Handgelenk kommen und schon gar nicht aus den Armen, sondern aus der Taille. Eine weiche Drehung des Beckens sei das eigentliche Geheimnis. Er holte gemeinsam mit Frau Leinhard aus und vollführte in ihrem Rücken die beschriebene Beckendrehung. Frau Leinhard, eingeklemmt zwischen seinen Armen und seiner Brust, folgte ihm dabei automatisch.

«Ach so!», sagte sie, als wäre ihr dadurch ein Licht aufgegangen.

Die vor ihren Segelschuhen liegende Kugel verfehlte sie aber trotzdem. Hinter Frau Leinhard stehend, konnte mein Vater nicht sehen, wo genau der Ball lag. Aber der Schwung, sagte er, habe gestimmt. Zum Üben wiederholten sie die Bewegung zusammen noch ein paarmal.

Meine Mutter streifte die beiden gelegentlich mit ihrem Blick. Sie unterhielt sich mit Herrn Leinhard über Literatur. Rosa und ich tranken Saft. Herr Leinhard war erstaunt zu erfahren, dass meine Mutter äußerst belesen war. Sie sprachen über Böll, den meine Mutter selbst erwähnt hatte, und kamen dann auf andere aktuelle Titel zu sprechen. Offenbar waren sie sich in der Beurteilung der Bücher und Autoren immer einig.

«Vielleicht sollten Sie nicht nur Krimis übersetzen», sagte Herr Leinhard irgendwann.

Bei der zweiten Krocketrunde − ich hatte den Kurs umgesteckt − bildeten mein Vater und Frau Leinhard ein Team, und meine Mutter spielte mit Herrn Leinhard zusammen. Mit der neuen Schlagtechnik traf Frau Leinhard noch schlechter als vorher, aber ihre Stimmung schien sogar noch besser zu werden.

«Ich komme mit dem Schläger immer besser zurecht», verkündete sie. Wahrscheinlich war sie betrunken.

Herr Leinhard spielte entspannter, dachte weniger über seine Schläge nach und traf besser. Zwischen den Schlägen rauchte er. Meine Mutter wirkte auf einmal ehrgeizig. Offenbar hatte sie sich in den Kopf gesetzt, zusammen mit Herrn Leinhard meinen Vater und Frau Leinhard zu schlagen.

Nachdem Rosa die erste Runde konzentriert gespielt hatte, schien sie das Interesse an der zweiten verloren zu haben. Sie gab sich keine Mühe mehr. Das verunsicherte mich. Ich wollte nicht, dass mein Spielehrgeiz kindisch oder jungenhaft wirkte. Ich versuchte so zu tun, als nähme ich das Spiel auch nicht mehr ganz so ernst. Aber das fiel mir nicht leicht, denn extra danebenzuschießen brachte ich dann doch nicht fertig.

Meine Mutter gewann, und diesmal, weil sie es von Anfang an so gewollt hatte. Herr Leinhard hatte sich in der zweiten Runde als verlässlicher Partner erwiesen und sogar den einen oder anderen passablen Schlag hinbekommen. Nach dem Sieg legte er anerkennend den Arm um die Schultern meiner Mutter. Mein Vater hatte die Ausnahmeform der ersten Runde nicht mehr erreicht – vielleicht war er ja auch betrunken. Ich hatte ihn selten so ausgelassen gesehen.

Ich kannte das Wort Eifersucht zwar, aber ich wusste nicht so genau, was es bedeutete. Vielleicht fiel es mir deswegen an diesem Nachmittag ein, weil mein Vater versuchte, vor Frau Leinhard zu glänzen. Ich hatte den Eindruck, meine Mutter war eifersüchtig.

Abends war ich bei Rosa. Sie steckte sich einen Kaugummi in den Mund und legte Janis Joplin auf. Vom Fenster ihres Zimmers aus konnte ich in unsere Küche im Erdgeschoss sehen, allerdings nur den vorderen Teil des Raums mit der Spüle. Meine Mutter stand am Waschbecken vor dem Fenster und gestikulierte. Die Heftigkeit, mit der sie sprach, erweckte bei mir den Eindruck, dass sie meinem Vater Vorwürfe machte.

Er stand weiter hinten im Raum, deswegen konnte ich sein Gesicht nicht sehen. Ich wusste nicht, ob er ebenso aufgeregt war wie sie. Meine Mutter riss sich die Spülhandschuhe von den Händen, pfefferte sie ins Becken und ging aus dem Raum.

Rosa stellte sich neben mich.

«Meine Eltern streiten sich», sagte ich. «Das tun sie in letzter Zeit ziemlich oft.»

«Dein Vater hat mit meiner Mutter geflirtet.»

«Meine Mutter und dein Vater haben sich doch auch sehr gut verstanden.»

«Ja, das stimmt. Aber vielleicht irgendwie anders.»

In der Küche war außer dem Waschbecken mit dem ungespülten Geschirr und den gelben Gummihandschuhen meiner Mutter nichts mehr zu sehen. Wahrscheinlich stritten meine Eltern im Wohnzimmer weiter. Janis Joplin sang *Piece of My Heart*. Rosa hatte mir den Refrain übersetzt: ‹Nimm noch ein kleines Stück von meinem Herzen›.

«Ich komme mir dumm vor», sagte ich.

«Das bist du nicht.»

«Doch, ich glaube schon.»

«Höchstens unerfahren.»

«Das ist doch dasselbe.»

Es kam die Stelle, die mir so gut gefiel: *Take another little piece of my heart now, baby*! Rosa wandte sich zu mir.

«Soll ich dir etwas zeigen?»

«Was denn?»

«Du musst mir vertrauen.»

Sie zog mich vom Fenster ins Zimmer, stellte sich vor mich und forderte mich auf – wie schon einmal –, die Augen zu schließen. Vielleicht, dachte ich, würde ich wieder ihre Brüste berühren dürfen. Doch sie löste den Gürtel meiner Hose, öffnete den Knopf am Bund und zog den Reißverschluss hinunter. Da es eine kurze Hose war – weiße Tennisshorts mit dünnem Stoffgürtel, wie es in meiner Klasse gerade Mode war –, rutschte sie mir auf die Knie und von dort weiter auf die Füße. Dann schoben sich Rosas Fingerspitzen in meine Unterhose und berührten meinen Penis. Ich ließ es geschehen. Sie hatte gesagt, ich solle ihr vertrauen, und das tat ich.

Aber ich schämte mich auch, obwohl mir die Berührung angenehm war. Rosas Fingerspitzen wurden etwas wärmer, und das Kribbeln, das von ihrem Streicheln ausging, stieg bis in meinen Bauch und noch weiter hinauf. Was genau sie dort unten machte, wusste ich nicht, es war eine Art sanftes Auf und Ab ihrer Hand.

Ich atmete kaum. Und ich konnte auch nicht sehen, nur spüren, dass mein Penis größer wurde. Ich hatte ja schon festgestellt, dass das möglich war. Aber bisher war es immer ohne äußeren Anlass geschehen, und ich hatte mir deswegen Sorgen gemacht. Jetzt dachte ich zum ersten

Mal, dass es sich dabei um etwas Natürliches handeln könnte, etwas, das vielleicht sogar wünschenswert sein konnte.

Ich hielt meine Augen die ganze Zeit über geschlossen. Rosa stand ganz nah vor mir. Ich spürte ihre Wärme und ihren Atem, der nach dem Kaugummi roch. Janis Joplin sang noch einmal: *Take another little piece of my heart now, baby!* Ich war machtlos. Doch dann rief Frau Leinhard von unten herauf, dass wir aufhören müssten zu spielen. Ich sollte nach Hause kommen.

Ich zog meine Hose hoch. Ohne mich noch einmal umzudrehen, rannte ich aus dem Zimmer, schaffte es irgendwie, Reißverschluss und Gürtel zu schließen, und stürmte die Treppe hinunter. Ich verabschiedete mich nicht einmal höflich von Frau Leinhard.

Mein Vater saß vor dem Fernseher. Meine Mutter war im Gästezimmer, jedenfalls nahm ich das an, die Tür war geschlossen.

In der gewohnten Umgebung meines Zimmers beruhigte ich mich wieder. Das Raketenmodell auf dem Schreibtisch und das Mondposter an der Wand riefen mir in Erinnerung, wer ich war: ein Junge, der sich brennend für das Weltall interessierte und sich auf die Mondlandung freute.

Ich legte mich aufs Bett und schaltete mein Transistorradio ein. Aus irgendeinem fernen Teil der Welt drang eine Stimme in einer fremden Sprache zu mir. Ich legte meine Hand auf den Reißverschluss der Hose. Mein Penis war nicht mehr fest. Das erleichterte mich.

9
Make love, not war

Es war Anfang Juni, als ich aus der Schule kam und meine Mutter nicht wie üblich in der Küche stand, um das Mittagessen zu kochen. Sie saß mit Frau Leinhard im Wohnzimmer und rauchte.

Die beiden lachten. Auf dem Couchtisch standen eine Flasche Sekt und zwei gefüllte Gläser. Ich hatte an einem Wochentag noch nie eine geöffnete Flasche Sekt bei uns gesehen. Meine Mutter trank nur zu besonderen Gelegenheiten. Es musste etwas geschehen sein.

«Es gibt etwas zu feiern», rief Frau Leinhard. «Deine Mutter ist jetzt Romanübersetzerin. Du kannst sehr stolz auf sie sein!»

Meine Mutter saugte an ihrer Zigarette. Sie hielt sie nicht mehr mit ganz so steif ausgestreckten Fingern. Sie trug ein gelbes Kostümkleid mit dunklen Knöpfen und einem schmalen Ledergürtel um die Taille. Als sie sich vorbeugte, um Zigarettenasche abzuschlagen, schob sich der Rocksaum über ihre Knie. Ich kannte die Knie meiner Mutter, seit ich denken konnte, aber jetzt fielen sie mir auf einmal auf.

Heute Morgen, so erfuhr ich, hatte sie einen Anruf bekommen, dass der Verlag ihre Übersetzungsprobe angenommen und sie beauftragt hatte, auch die übrigen Kapitel des Böse-Mädchen-Romans ins Deutsche zu übertragen. Frau Leinhard fand das fantastisch, grandios, überwältigend.

Ich wusste nicht so genau, wie ich es finden sollte.

Natürlich wollte ich, dass sich die Wünsche meiner Mutter erfüllten, aber nicht, dass sich etwas an meinem Leben änderte. Und ich ahnte, dass beides zusammen vielleicht nicht möglich sein würde.

Meine Mutter machte eine Dose Ravioli für mich warm. Während ich aß, schlug Frau Leinhard meiner Mutter vor, «in die Stadt» zu fahren. An diesem Nachmittag sollte eine Demonstration gegen den Krieg in Vietnam stattfinden.

«Und du möchtest dort hingehen?», fragte meine Mutter.

«Ich glaube, dass es wichtig ist.»

«Walter hält nichts davon.»

«Kann es falsch sein, gegen einen Krieg zu sein?»

«Ich habe noch nie demonstriert.»

Frau Leinhard stand mit ihrem Sektglas in der Küchentür, den Rücken gegen den Rahmen gelehnt.

«Dann wird es Zeit», sagte sie. «Ich weiß das mit der Demonstration von Wolf. Es ist die erste Kundgebung dazu in Köln überhaupt. Er wird sich dem Protestzug mit seinen Studenten anschließen.»

«Das ist es, was ich denke», sagte meine Mutter. «Demonstrationen sind etwas für junge Leute.»

«Warum?»

Sie stellte den Herd ab. «Uschi, ich habe schon erste graue Haare. Und dann soll ich zusammen mit Studenten ein Transparent hochhalten?»

«Ach, komm! Es reicht, dort zu sein. Und deine Haare, das stimmt, solltest du färben.» Sie zündete sich eine Zigarette an und fuhr dann fort. «Meine Mutter sah mit fünfzig wie eine alte Frau aus, einfach nur, weil sie weißhaarig war. So weit werde ich es nicht kommen lassen, das habe ich mir geschworen. Sei nicht so selbstkritisch. Du bist attraktiv. Sehr sogar.»

«Nett von dir.»

«Achtunddreißig ist kein Alter. Warum sollen wir nicht die Fäuste in die Luft strecken?» Sie tat es und skandierte: «Ho-Ho-Ho-Chi-Minh!» Sie lachte.

Meine Mutter lachte auch.

«Das ginge ja vielleicht noch. Aber: *Make love, not war*?»

«Was spricht dagegen?»

«Aus Studentenperspektive: nichts.»

«Schluss jetzt!», entschied Frau Leinhard. «Du wirst jetzt auf mich hören, so wie bei der Übersetzung. Das ist ja unerträglich, wie du dein Licht unter den Scheffel stellst. Ich wiederhole, du bist schön, attraktiv und begehrenswert. Punkt. Wer soll denn die Faust für Frieden und Liebe in den Himmel recken, wenn nicht wir Frauen!»

Sie lachte wieder. Meine Mutter widersprach nicht mehr. Sie wandte nur noch ein, sie hätte ja zum Demonstrieren gar nichts Passendes anzuziehen. Sie wies auf ihr gelbes Kostüm, aber auch das ließ Frau Leinhard nicht gelten. Sie schlug vor, zusammen mit meiner Mutter ihren Kleiderschrank zu plündern.

Dazu gingen wir nach drüben. Rosa war aus der Schule zurück. Ich ging in ihr Zimmer, sie machte ihre Hausaufgaben. Es kam selten vor, dass ich sie dabei antraf. Sie saß mit aufgeschlagenem Vokabelheft im Schneidersitz auf dem Bett. Die Spalte mit der englischen Übersetzung der Wörter hatte sie mit einem Zettel abgedeckt.

Über das, was am Krocketwochenende abends geschehen war, hatten wir nicht mehr gesprochen. Es ging mir damit wie mit dem Berühren ihrer Brüste. Ich träumte immer wieder davon, es wühlte mich auf, aber alles in allem kam ich nicht besonders gut damit klar. Ich schämte mich, doch zugleich hatte es mir gefallen – und deswegen schämte ich mich vielleicht noch mehr. Ich konnte mich nicht daran erinnern, dass ein anderer Mensch je meinen Penis berührt hatte. Aber warum hatte ich es dann überhaupt zugelassen? Warum hatte ich mich nicht dagegen gewehrt?

Rosa schnitt das Thema nicht an, und ich hatte nicht den Mut dazu. Ich versuchte mich an dem festzuhalten, was ich mit Sicherheit wusste: dass schon bald eine Rakete in den Himmel steigen und das größte Abenteuer der Menschheit beginnen würde. Nichts anderes zählte, das sagte ich mir immer wieder.

«Weißt du, was Küche auf Englisch heißt?», fragte Rosa.

«Nein.»

«Kitchen.»

«Kitchen? Wirklich?»

«Du findest es lustig, aber es ist die bittere Wahrheit. Die Küche ist für Frauen ein Gefängnis.»

Sie lernte weiter. Manchmal formte sie mit den Lippen stumm ein englisches Wort oder wisperte es leise. Ich setzte mich auf ihre kleine Couch und betrachtete sie dabei. Wenn ich sie ansah, fehlte mir nichts, ich fand es einfach nur schön. Wieso gefiel sie mir so? Sie hatte die dunkelsten Haare, die ich kannte, und die dunkelsten Augen. Dass ich alles an ihr mochte, war vermutlich ein weiterer Beweis dafür, dass ich in sie verliebt war.

Frau Leinhard und meine Mutter kamen ins Zimmer. Sie hatten sich umgezogen. Beide trugen Jeans mit glockig geschnittenen Hosenbeinen und flattrige lange Blumenblusen. Ich dachte an den Nachmittag, als ich mit meiner Mutter «in die Stadt» gefahren war, um eine Jeans zu kaufen. Frau Leinhard hatte also geschafft, was der Verkäuferin in jenem *Store* damals nicht gelungen war.

Wir fuhren mit dem 2CV. Nach den anfänglichen Schwierigkeiten hatte sich meine Mutter mit dem Wagen schnell angefreundet. Der Himmel war wolkenlos, und wir rollten das Verdeck auf. Warme Luft strudelte in den Wagen. Frau Leinhard meinte, es sei wie beim *Summer of Love*. Sie drehte sich zu uns um.

«Das heißt Sommer der Liebe.»

Rosa verdrehte die Augen. Natürlich wusste sie das.

«Das war vor zwei Jahren in San Francisco», sagte Frau Leinhard. «Die Menschen haben Musik gemacht und in den Straßen getanzt, Blumen an die Passanten verteilt, und Simon & Garfunkel haben bei einem Konzert *Sound of Silence* und *Feelin' Groovy* gesungen.»

Wir fuhren über den Rhein, das Wasser war dunkelgrün. Bis hierhin war der Weg einfach gewesen, wir hatten immer nur am Fluss entlangfahren müssen. Auf der anderen Seite der Brücke hingegen begann die Innenstadt, in der sich weder meine Mutter noch Frau Leinhard mit dem Auto auskannten.

Meine Mutter bemerkte zu spät, dass es besser gewesen wäre, statt der ersten Brücke die zweite zu nehmen. Die Straßen führten in weit gezogenen Biegungen und mehrspurigen Verzweigungen hinauf und hinab. Irgendwann befürchtete meine Mutter, dass sie sich verfahren hatte.

Vor uns ragte ein riesiges, rotes Gebäude mit vielen quadratischen Fenstern auf. Wir fuhren darunter her. Dann beschlossen meine Mutter und Frau Leinhard, zu wenden und es in der Gegenrichtung zu versuchen.

Es gelang ihnen sogar, nicht wieder in das Labyrinth aus Auf- und Abfahrten zu geraten. Schließlich glaubte meine Mutter, eine Kreuzung wiederzuerkennen, bog rechts ab und stellte erfreut fest, dass sie sich nicht geirrt hatte. Sie parkte in einer Seitenstraße, und wir gingen den Rest des Weges zu Fuß.

Die Demonstration fand vor dem Amerikahaus statt. Es stand gegenüber einer Kirche, die dem Platz ihren Namen gegeben hatte, Sankt Aposteln.

Ich stellte mir Demonstrationen so vor, wie ich sie mit meinem Vater in den Nachrichten gesehen hatte, und das traf es recht gut. Es wurden Plakate hochgehalten, auf denen zu lesen war: *Stop U. S. Aggression in Vietnam* oder *Solidarität mit Kriegsgegnern in USA*. Ich kannte allerdings weder die Bedeutung von Aggression noch Solidarität. Ich wies auf ein drittes Transparent.

«Was heißt das?», fragte ich Rosa.

«*Make love, not war*. Das heißt, wir sollen uns alle lieben, anstatt uns gegenseitig umzubringen.»

Die Demonstranten machten ernste, ja finstere Gesichter. Meine Mutter sah sich um.

«Und du denkst, es ist hier sicher?», fragte sie Frau Leinhard.

«Aber ja.»

Im ersten Moment war es aufregend, dort zu sein, aber nach einer Weile wurde mir langweilig. Eigentlich standen wir ja nur herum, ohne dass etwas geschah. Die Demonstranten hatten die Tauben, die sonst den Platz für sich beanspruchten, an den Rand gedrängt. Rosa sagte, sie fände Kirchen spannend, weil sie praktisch nie in einer war. Wir gingen in die Apostelkirche.

Meine Eltern waren praktizierende Katholiken. Wir gingen jeden Sonntag in die Messe, allerdings war ich bei den Lesungen, Evangelien und Predigten nie besonders aufmerksam. Hin und wieder blieb mir eine der Geschichten im Gedächtnis, zum Beispiel die, in der Jesus Wasser in Wein verwandelt hatte. Und in einer anderen war er über einen See gewandelt, ohne unterzugehen, aber Petrus hatte das nicht geschafft.

Mir war nicht klar, ob ich Jesus wirklich liebte. Wie er hier und in unserer Stadtrandkirche gekreuzigt über dem Altar hing, ausgemergelt und mit bleicher, fast weißer Haut, war er mir unheimlich.

«Meine Eltern glauben nicht an Gott», sagte Rosa. «Sie sagen, wenn Gott die Welt wirklich erschaffen hätte, dann hätte er sie ja besser machen können. Stattdessen lässt er Krankheiten und Naturkatastrophen und Kriege und all diese Sachen zu. Ich finde, da haben sie recht.» Sie setzte sich in eine der Bänke und sah sich um. «Trotzdem bin ich gern in Kirchen. Ich weiß auch nicht, warum. Die Kerzen, der Geruch, das Licht. Die Atmosphäre hat etwas Geheimnisvolles. Es ist wirklich so, als wäre da noch irgendetwas, was wir nicht sehen können.» Sie wies auf den gekreuzigten Jesus. «Hast du eigentlich schon mal darüber nachgedacht, ob Jesus auch eine Frau sein könnte?», sagte sie. «Ich habe mir das schon oft überlegt. Dann hinge über den Altären eine junge Frau am Kreuz, die man zuvor gepeitscht und gedemütigt hätte. Was denkst du? Würden die Menschen auch eine Frau am Kreuz anbeten? Ich glaube nicht. Warum ist das so unvorstellbar?»

Natürlich wusste ich keine Antwort darauf. Rosas Fragen hatten aber zur Folge, dass mir draußen etwas auffiel: Die meisten Demonstranten waren Männer. Meine Mutter und Frau Leinhard fielen auf, und das nicht nur wegen ihrer *Summer-of-Love*-Kleidung.

Wir versuchten, in der Menge Herrn Leinhard mit seinen Studenten zu entdecken. Wie Frau Leinhard es in der Küche vorgemacht hatte, reckten die Demonstranten ihre Fäuste in den Himmel und skandierten «Ho-Ho-Ho-Chi-Minh»!

Da ich nicht wusste, was das bedeutete, klang es in meinen Ohren wie: Wo-wo-wo-ich-bin! Ich dachte darüber nach, was damit gemeint sein könnte. Ich kam aber nicht dahinter, und ich wollte Rosa nicht schon wieder etwas fragen.

Vor dem Amerikahaus standen ein paar Polizisten, nicht viele, einer alle zehn Meter und vier oder fünf insgesamt. Sie wirkten verloren, und ich hatte den Eindruck, dass sie nicht wussten, was ihre Aufgabe war. Sie stierten über die Köpfe der Demonstranten hinweg ins Leere.

Irgendwann erschienen auf dem Gehweg drei Männer – einer mit Filmkamera auf der Schulter, einer mit Mikrofon und ein Dritter vorneweg. Sein Blick wanderte über die Demonstranten und blieb an Frau Leinhard mit ihrem bunten Blumenhemd hängen.

Er betrachtete sie eine Weile und kam dann auf uns zu. Die anderen beiden folgten ihm. Als Frau Leinhard erkannte, dass sie das Ziel der Annäherung war, setzte sie ein strahlendes Begrüßungslächeln auf.

Die drei Männer erreichten uns und stellten sich vor. Sie waren vom WDR und arbeiteten für eine Sendung, die *Hier und heute* hieß. Sie lief täglich im Vorabendprogramm und behandelte Themen aus Köln und Umgebung. Ich kannte sie, aber sie war mehr etwas für Erwachsene.

«Ich würde Sie gerne zentral im Bild haben», sagte der Kopf des Filmteams zu Frau Leinhard und deutete mit den Händen eine Art Bildausschnitt um ihr Gesicht an. «Stellvertretend für alle Demonstranten.»

Sie war geschmeichelt. «Filmen Sie mich nur!»

«Sehr gut!»

Er gab seinem Kameramann ein Zeichen, und der richtete das Objektiv auf Frau Leinhard. Uns anderen schärfte er ein, bei der Aufnahme nicht in die Kamera zu schauen, auch wenn der Drang dazu noch so übermächtig sein sollte. Das würde der Szene die Glaubwürdigkeit nehmen, weil es dem späteren Zuschauer die Anwesenheit der Kamera bei dem Geschehen verraten würde.

Ich hatte noch nie darüber nachgedacht, wie die Bilder in den Fernsehnachrichten entstanden. Auf einmal wurde mir bewusst, dass alles, was man auf der Mattscheibe zu sehen bekam, von einer Kamera eingefangen worden war, die dort stand, wo wir Zuschauer im Sessel saßen. Ich begriff, dass es einen Unterschied zwischen der Wirklichkeit und Fernsehbildern gab, und ich war mir nicht sicher, ob mir das gefiel. Die Bilder aus dem Weltraum waren für mich immer so gut wie die Wirklichkeit selbst, und ich wollte, dass das so blieb.

Frau Leinhard atmete tief ein und aus und bereitete sich auf den Beginn der Aufnahme vor. Sie würde ihre

Sache sicher gut machen, dachte ich. Sie hatte ja auch im normalen Leben etwas von einer Schauspielerin.

Dann fiel mein Blick auf meine Mutter. Sie stand neben Frau Leinhard, und ich hatte den Eindruck, dass sie nicht glücklich darüber war, mit ins Bild zu kommen. Sie lächelte, aber ihr Lächeln war starr. Das Gedränge war nicht so dicht, dass sie nicht einen oder zwei Schritte zur Seite hätte treten können. Sie blieb aber neben Frau Leinhard stehen und behielt ihr maskenhaftes Lächeln bei.

Der Kameramann stellte sich in Position, und der Chefreporter hob den Arm, um das Startsignal zu geben. In diesem Moment splitterte und klirrte irgendwo Glas. Die Demonstranten applaudierten und verfielen danach wieder in ihren Schlachtruf. «Ho-Ho-Ho-Chi-Minh, Ho-Ho-Ho-Chi-Minh!»

Ohne uns weiter zu beachten, bahnte sich das Filmteam daraufhin einen Weg durch die Demonstranten und war kurz darauf in der Menge verschwunden. Stattdessen tauchte ganz unerwartet Herr Leinhard neben uns auf.

«Aber was macht *ihr* denn hier?»

Frau Leinhard schien nicht sehr erfreut, ihn zu sehen. Sie war sicher auch sauer auf die Studenten, weil es wegen der zerbrochenen Fensterscheibe mit ihrem Filmauftritt nun doch nichts geworden war.

«Dasselbe wie du. Wir demonstrieren.»

Wieder klirrte irgendwo Glas. Herr Leinhard packte sie am Arm.

«Das ist nichts für Kinder. Ihr müsst hier weg!»

Er zerrte sie von der Menge fort, und wir folgten ihm zwangsläufig. Ich drehte mich noch einmal um. Die Demonstranten schwenkten die Fäuste im Rhythmus ihrer

Parole. Der Polizist, der uns am nächsten stand, machte ein unglückliches Gesicht.

Später erfuhren wir aus der Zeitung, dass etwa tausend Demonstranten an der Kundgebung teilgenommen hatten. Die Studentengruppen hießen SDS, SJD oder Trikontinentaler Studentenbund. Es wurde kritisiert, dass zu wenige Polizisten vor Ort gewesen seien. Und so war es zu Steinwürfen gegen das griechische Konsulat und das Amerikahaus gekommen.

Herr Leinhard war verärgert. Wir bogen ein paarmal um die Ecke, bis von der Demonstration nichts mehr zu sehen und zu hören war. Frau Leinhard riss sich von ihm los.

«Was soll das denn!»

«Uschi, das hier ist kein Spiel.» Er blieb stehen und wandte sich an meine Mutter. «Es tut mir leid, dass ich alles so durcheinanderbringe. Sie wollen sicher nach Hause.»

«Oh, es ist sehr aufschlussreich.»

«Wieso denkst du immer, nur du würdest die Zusammenhänge verstehen?», protestierte Frau Leinhard. «Wir wären beinahe ins Fernsehen gekommen!»

«Ist das wahr?», fragte Herr Leinhard meine Mutter.

«Ihre Frau wurde von einem Filmteam angesprochen.»

Wir gingen in eines der großen Brauhäuser in der Nähe des Doms. Herr Leinhard beruhigte sich allmählich, und irgendwann tauchten auch seine Studenten auf. Frau Leinhard setzte sich zu ihnen an den Tisch, und das schien ihre Laune wieder aufzubessern. Zwischen den jungen Männern fand sie zu ihrem aufgedrehten Wesen zurück.

Wie alle anderen bestellte sich auch meine Mutter ein

Bier. Das war schon ein bemerkenswerter Nachmittag: zuerst die Demonstration, und jetzt sah ich meine Mutter in einem Brauhaus Bier trinken und sich sehr angeregt mit Herrn Leinhard unterhalten. Die beiden hatten sich offensichtlich eine Menge zu sagen.

«Was meinten Sie damit», sagte er zu ihr, «als Sie den Nachmittag ‹aufschlussreich› nannten?»

«Nichts Besonderes», sagte sie. «Ich war noch nie bei einer Demonstration.»

«Hat Uschi Sie dazu überredet?»

«Denken Sie, *ich* wäre nicht neugierig?»

Er bot ihr eine Zigarette an. Sie lehnte nach kurzem Zögern aber ab, und er zündete sich selbst eine an.

«Ich dachte, Sie würden es nicht gutheißen.»

«Zu demonstrieren? Sagen wir so: Ich verstehe es nicht. Wem nützt das?»

«Man muss etwas tun.»

«Scheiben einwerfen?»

«Sich befreien», sagte er und blies Rauch in die Brauhausluft, in der bereits mehrere Schichten davon schwebten. «Es geht nicht nur um den Krieg. Es geht um gesellschaftliche Zwänge. Spüren Sie deren Macht denn nicht auch? Wir sind nicht frei.»

«Und was empfehlen Sie Ihren Studenten?»

«Sie sollen sich selbst entdecken. Philosophie ist die Kunst der Selbstbefragung. Was will ich? Wer bin ich? Wie oft haben Sie sich das schon gefragt? Seien Sie ehrlich.»

Er sah meine Mutter eindringlich an.

«Und was würde geschehen», sagte sie, «wenn jeder seinen Neigungen folgt?»

«Sie glauben, dann bricht alles zusammen?»

Sie dachte darüber nach. «Ja, das denke ich tatsächlich. Ich glaube nicht, dass wir es wagen können, immer nur unseren eigenen Impulsen zu folgen und wir selbst zu sein. Übrigens gerade wir Frauen nicht.»

«Aber wer oder was hindert Sie daran? Gerade die Frauen sollten sich nehmen, was sie wollen!»

«So? Ich habe bei der Kundgebung aber fast nur junge Männer gesehen.»

«Das wird sich ändern!», behauptete Herr Leinhard und klopfte Asche ab.

«Gut», sagte sie. «Wir werden sehen.»

Er rauchte ein paar Züge.

«Ach ja, und ich gratuliere Ihnen.»

«Wozu?»

«Uschi hat es mir erzählt. Ihre Übersetzung wurde angenommen. Womit Sie sich übrigens selbst widerlegen. Sie *sind* dabei Ihren Neigungen gefolgt.»

«Wir wissen ja noch nicht, wo das hinführt.»

Er drückte die Zigarette aus.

«Genießen Sie Ihren Erfolg.»

«Das tue ich.»

«Den Eindruck habe ich nicht.»

«Ich bin nur vorsichtig.»

«Ist das so?», sagte er. «Oder gibt es da etwas, vor dem Sie sich fürchten?»

«Was sollte das sein?»

«Das, wovor wir uns alle am meisten fürchten.»

«Und das wäre?»

«Wir selbst.»

Meine Mutter lachte kurz und freundlich auf.

«Ist das das Ergebnis Ihrer philosophischen Studien?»

«Eines davon.»

Es entstand eine kurze Pause, doch dann schüttelte meine Mutter, jetzt wieder etwas ernster, den Kopf: «Mir ist das, ehrlich gesagt, zu einfach. Finde dich selbst, und du wirst glücklich. Ich wünschte, es wäre so.»

«Von Glück habe ich nicht gesprochen.»

«Aber worum geht es dann?»

«Das kann ich Ihnen nicht sagen», räumte er ein.

«Sie wissen es nicht?»

«Ich glaube», sagte er, «unsere Aufgabe ist es, uns selbst zu finden und mit den Folgen zu leben und irgendwie damit fertigzuwerden. Das bedeutet nicht, glücklich zu sein, aber immerhin wahrhaftig.»

Sie wurde nachdenklich.

«Wahrhaftig ... Das ist ein sehr großes Wort.»

«Ja», gab er zu. «Das ist es.»

Ich ging mit Rosa nach draußen. Wir setzten uns vor den Dom und legten die Köpfe weit in den Nacken, um ihn als Ganzes sehen zu können. Die beiden schwarzen Türme ragten hoch in den Abendhimmel. Die obersten Spitzen leuchteten in den letzten Strahlen der Sonne.

«Deine Mutter ist ja richtig klug», sagte Rosa und verscheuchte eine Taube.

«Jetzt magst du sie auf einmal, wo sie sich mit deinem Vater unterhalten kann», sagte ich etwas eingeschnappt.

Ich hatte mir noch nie Gedanken darüber gemacht, ob meine Mutter klug war oder nicht – wozu auch? Ich liebte sie so, wie sie war. Es überraschte mich aber auch, wie angeregt sie sich mit Herrn Leinhard unterhalten hatte.

«Ich mochte sie auch vorher», sagte Rosa.

«Warum sollte meine Mutter denn *nicht* klug sein?»

«Weil niemand das von ihr erwartet.»

«Und *deine* Mutter? Ist die klug?»

«Ich glaube, alle Frauen sind klug.»

«Und Männer?»

«Du bist klug», sagte sie.

«Gar nicht.»

«Von allen Jungen, die ich kenne, bist du der klügste.»

«Warum sagst du das?»

«Weil es so ist.»

Sie gab mir einen Kuss auf die Wange. Ich war noch nie von einem Mädchen geküsst worden. Ich spürte die Berührung ihrer Lippen noch lange auf meiner Haut.

Weil ich mit Rosa vor dem Dom gesessen hatte, wusste ich nicht, wie viel Bier meine Mutter getrunken hatte, als wir aufbrachen und nach Hause fuhren. In den Brauhäusern wurden die leeren Gläser gegen volle ausgetauscht, ohne dass man eigens bestellen musste. Dabei verlor man schnell den Überblick.

Meine Mutter verabschiedete sich herzlich von Herrn Leinhard. Sie nannte ihn Wolf und duzte ihn. Das klang im ersten Moment ungewohnt, aber es gefiel mir. Ich wollte, dass die Leinhards und meine Eltern enge Freunde wurden, damit ich Rosa noch häufiger sehen konnte, nach dem Kuss erst recht. Alle sollten sich gegenseitig mögen – so stellte ich mir das vor.

Hinter dem Steuer des 2CV war meine Mutter aufgekratzt. Für ihre Verhältnisse fuhr sie sehr schnell. Ich hatte ein gutes Gespür für Geschwindigkeiten. Wenn mein Vater am Steuer saß, beobachtete ich auf der Autobahn gerne die Tachonadel, um zu sehen, ob wir hundertfünfzig oder hundertsechzig fuhren. Manchmal erreichten wir sogar hundertachtzig.

Auf der Brücke über den Rhein war das Licht sehr klar. Das Wasser glänzte grün. Man konnte in alle Richtungen den Horizont blau leuchten sehen – hinter uns heller, vor uns dunkler. Wir näherten uns allmählich dem längsten Tag des Jahres.

Meine Mutter schilderte uns die Ideen, mit denen die Studenten die Welt verbessern wollten: Kriege sollten abgeschafft werden, die Armen sollten genauso viel Geld bekommen wie die Reichen, und alle sollten studieren dürfen. Mir gefielen diese Ideen gut. Sie waren gar nicht so kompliziert, wie ich gedacht hatte.

Während meine Mutter uns das alles erzählte, fuhr sie auf eine Ampel zu, die von Grün auf Gelb sprang. Ich saß hinter ihr und konnte das gut sehen. Frau Leinhard bemerkte es im letzten Moment auch und machte meine Mutter darauf aufmerksam. Es war aber schon zu spät, und wir fuhren bei Rot über die Kreuzung. Es ging alles gut. Meine Mutter fuhr danach aber langsamer und hörte auf, über die Verbesserung der Welt zu reden.

Kurz darauf überholte uns ein Polizeiwagen. Aus dem Seitenfenster wurde eine Kelle herausgestreckt und auf und ab geschwenkt. Meine Mutter hielt hinter dem Wagen an.

«Was machen wir denn jetzt?», sagte sie.

«Wir lächeln sie an», sagte Frau Leinhard und öffnete den obersten Knopf ihrer Blumenbluse. «Und du darfst nicht sagen, dass du etwas getrunken hast.»

Ein Beamter stieg aus und kam zum Seitenfenster. Er

drückte sich ziemlich umständlich aus. Wir hätten, sagte er, das rote Haltesignal einer Lichtzeichenanlage missachtet. Meine Mutter reichte ihm ihren Führerschein.

«War denn nicht noch Gelb?»

Er betrachtete ihren Führerschein.

«So etwas ist mir noch nie passiert». versicherte ihm meine Mutter.

Er fragte sie, ob sie etwas getrunken hätte.

«Aber nein!», sagte sie.

Dass auch Erwachsene nicht immer die Wahrheit sagten, wusste ich inzwischen ja. Aber meine Mutter derart offen lügen zu hören, war doch ein Schock. Wenn ich geglaubt hatte, dass es jemanden gab, der nicht lügen *konnte*, dann doch sie!

Frau Leinhard rettete die Situation. Mit ihrem offenherzigsten Lächeln beugte sie sich über die Knie meiner Mutter zur Fahrerseite und sah zu dem Polizisten auf. «Können Sie denn nicht ein Auge zudrücken? Wissen Sie, meine Tochter hat Geburtstag, und wir haben einen wunderbaren Ausflug mit unseren Kindern hinter uns. Es war so ein schöner Tag. Vielleicht haben wir beim Fahren etwas zu viel getratscht. Sie wissen doch: Mädchen sind so.»

Von meinem Platz aus konnte ich dem Polizeibeamten ins Gesicht sehen. Er sah Frau Leinhard einen Moment an, beugte sich dann vor und warf einen Blick auf Rosa und mich. Er inspizierte noch einmal den Führerschein meiner Mutter und reichte ihn ihr zurück. Er ermahnte sie, in Zukunft aufmerksamer zu sein, und ließ uns fahren.

Ich lehnte mich zu Rosa und flüsterte ihr ins Ohr:

«Herzlichen Glückwunsch zum Geburtstag.»

Kaum hatte ich das gesagt, begriff ich, dass es eine ironische Bemerkung war. Ich war noch nie zuvor ironisch gewesen, ja, hatte nicht einmal genau gewusst, was Ironie war. Auf einmal wusste ich es.

10
Mädchen sind so

Ende Juni begannen die Schulferien, sodass ich abends länger aufbleiben konnte. Vor dem Einschlafen richtete ich mein Fernglas noch häufiger auf den Abendhimmel als sonst. In kaum mehr drei Wochen würde in Cape Kennedy Apollo 11 abheben und sich auf den Weg zum Mond machen.

Die Trägerrakete stand seit einem Monat auf der Startrampe und wurde für den Flug vorbereitet und getestet. Manchmal wurde in den Nachrichten darüber berichtet. Besonders beeindruckend war es gewesen, als die über hundert Meter hohe Saturn-V-Rakete mitsamt ihrem Versorgungsturm auf einem riesigen Raupenfahrzeug aus der Montagehalle zum fünf Kilometer entfernten Startplatz gefahren worden war. Neben den meterhohen Eisenketten der Raupe hatten die Ingenieure ausgesehen wie Ameisen.

Meine Mutter war in diesen Wochen wie besessen von ihrer Romanübersetzung. Nach dem Frühstück zog sie sich in ihr Zimmer zurück und kam mittags nur kurz heraus, um in der Küche eilig irgendetwas zuzubereiten. Es gab fast nur noch Nudeln, mal mit Spiegeleiern, mal verrührt mit Tomatenmark oder Butter und Paniermehl. Mir machte das nichts aus. Was mein Vater darüber dachte, sagte er nicht. Es kam deswegen zwischen ihm und meiner Mutter nicht mehr zum Streit.

Irgendwann verlegte er sich aber darauf, häufiger in der Werkskantine zu essen, was er sonst selten tat. Ich hatte den Eindruck, dass es meiner Mutter ganz recht war. Sie lud regelmäßig Frau Leinhard ein, um mit ihr die neu übersetzten Seiten durchzugehen. Dabei hörte ich Frau Leinhard beinahe jedes Mal ausrufen, dass die Übersetzung absolut hervorragend sei! Aber meine Mutter bat sie dennoch immer wieder zu kommen.

Rosa hatte ihre ganz eigenen Pläne für die Sommerferien. Sie wollte einen Roman schreiben. Sie hatte auch schon eine Geschichte. Es ging darin um eine junge Frau, deren Träume stets wahr wurden. Ich dachte darüber nach. Es war eine gute Idee, fand ich. Auf mich übertragen bedeutete sie ja, dass ich in ihrem Roman zum Mond hätte fliegen können. Aber Rosa machte mich darauf aufmerksam, dass es schließlich auch Albträume gebe.

Sie hatte sich viele Gedanken über das Träumen gemacht. Menschen, meinte sie, hätten keinen Einfluss auf ihre Träume, man sei den eigenen Träumen wehrlos ausgeliefert. Und sie wollte von mir wissen, ob es denn wirklich so sei, dass ich jede Nacht davon träumte, in einer Rakete zum Mond zu fliegen.

Ich wollte das gerade bejahen, schwieg dann aber und stellte zu meiner Überraschung fest, dass es nicht stimmte. Ich hatte noch *nie* davon geträumt – ich stellte es mir nur immer *vor*. Ins Weltall zu fliegen, war für mich *wie* ein Traum, aber kein echter. *Wirklich* geträumt hatte ich in den letzten Wochen nur noch von Rosa.

Jedenfalls kam mir das so vor. Ich konnte mich beim Aufwachen allerdings nur selten mit Bestimmtheit daran erinnern, was ich tatsächlich geträumt hatte und ob überhaupt etwas. Vielleicht träumte man nicht jede Nacht. Oft blieb mir am Morgen eine Art Ahnung, von Rosa geträumt zu haben, aber was in dem jeweiligen Traum geschehen war, wusste ich nicht mehr.

Bei Rosa war das anders. Manchmal erzählte sie mir ihre Träume, aber hin und wieder war ich mir nicht ganz sicher, ob sie die Wahrheit sagte oder sich einen Traum nur ausgedacht hatte. Sie besaß viel Fantasie. Zumindest nahm ich an, dass sie ihre Träume stark ausschmückte, denn sie waren viel ereignisreicher als meine.

Nicht selten wurde sie darin verfolgt. Oder sie tat Dinge, die sie überhaupt nicht tun wollte. Gegenüber meinen Träumen waren ihre sehr rätselhaft und düster – Träume, deren Erfüllung sich niemand so ohne Weiteres wünschen konnte. Einmal wurde sie von riesigen Nacktschnecken gejagt und hatte das Gefühl, keinen Meter vorwärtszukommen, und ein anderes Mal musste sie rohe Eier ausschlürfen und konnte sich nicht dagegen wehren. Ich war mir nicht sicher, ob ich ihren Roman, wenn es so weit war, würde lesen wollen.

Ende Juni, an *Peter und Paul*, wie meine Eltern den Tag als Katholiken nannten, gab es in unserer Nähe eine Kirmes. Wir gingen jedes Jahr dorthin, und meine Mutter schlug vor, die Leinhards sollten mitkommen. Ich freute mich darauf, mit Rosa dort zu sein. Da sie den Rummel nicht kannte, konnte ich ihr alles zeigen.

Als wir ankamen, war es noch hell. An den Ständen gab es frische Waffeln mit Puderzucker oder Kartoffelpuffer mit Apfelmus. Mein Vater stürzte sich darauf, als hätte er seit Wochen nichts mehr zu essen bekommen. Wir setzten uns an eine der Buden, aus denen es nach heißem Fett und Zucker roch, und zusammen mit Herrn Leinhard brachte mein Vater eine große Pappschale mit Puffern und ein paar Waffeln zum Tisch. Dann organisierten die beiden Bier und für Rosa und mich Limonade.

Herr Leinhard, der am liebsten griechisch aß, gab zu, dass die Kartoffelpuffer mit Apfelmus sehr gut waren. Er kannte die Kombination noch nicht. Frau Leinhard fand sie ebenfalls «fantastisch» und verwickelte meinen Vater anschließend in ein Gespräch über die rheinische Lebensart.

Dabei kamen sie zwangsläufig auf das Thema Karneval zu sprechen. Mein Vater bestätigte Frau Leinhard, dass es das Krawattenabschneiden am Karnevalsdonnerstag tatsächlich gab und dass er jedes Jahr dafür eine abgetragene Krawatte zurückhielt.

«Hast du gehört, Wolf», sagte sie zu ihrem Mann. «Du solltest von deinen Krawatten rechtzeitig eine zurücklegen, die du nicht mehr trägst.»

«Im Seminar trage ich fast nie Krawatten», sagte Herr Leinhard. «Und außerdem kann ich mir kaum vorstellen, dass so etwas auch an der Uni gemacht wird.»

«Unterschätzen Sie uns Rheinländer nicht», sagte mein Vater. «Auf unsere Weise sind wir Anarchisten!»

Alle lachten, und Frau Leinhard war plötzlich der Meinung, es wäre nun wirklich an der Zeit, ganz allgemein vom Sie zum Du überzugehen. Der Vorschlag wurde angenommen, indem alle ihr Bierglas erhoben und anstießen.

Meine Mutter und sie duzten sich ja schon, aber ich fragte mich, ob mein Vater wusste, dass meine Mutter und Herr Leinhard auch schon bei Eva und Wolf gewesen waren. Doch das war jetzt nicht mehr von Bedeutung. Ich hatte aber das Gefühl, dass Herr Leinhard sehr gerne die Gelegenheit ergriff, um meine Mutter nun auch ganz offiziell Eva nennen zu können.

Er sagte: «Wie geht es denn mit deiner Übersetzung voran, Eva?»

«Ich beiße mich so durch», sagte sie.

«Sie untertreibt maßlos!», protestierte Frau Leinhard. «Alles, was ich bisher gelesen habe, ist exzellent.»

«Hat sich der Detektiv inzwischen in die junge Dame verliebt, die ihn engagiert hat?», fragte Herr Leinhard.

«Das hast du dir gemerkt?», sagte meine Mutter. «Aber es ist nicht so. Er hat schon eine Art Freundin.»

«Eine *Art* Freundin?»

Meine Mutter nickte. «Sie und der Held − er heißt Mac − kennen sich seit Langem. Es wird aber nicht ganz klar, wie fest sie liiert sind und wie weit es zwischen ihnen geht. Sie schätzen sich und helfen einander. Sie ist eine sehr unabhängige, eigenständige Frau.»

«Und das gefällt dir?»

«Es gefällt uns beiden», sagte Frau Leinhard.

«Es gibt einige Frauenfiguren in dem Roman», sagte meine Mutter. «Sie sind sehr unterschiedlich, aber allen gemeinsam ist, dass Mac keine Macht über sie hat. Er muss ihre Entscheidungen hinnehmen.»

«*The brave, bad girls*», sagte Herr Leinhard.

Meine Mutter nickte. «Ich werde das Buch übrigens *Mädchen sind so* nennen», sagte sie und fügte an Frau Leinhard gewandt hinzu. «Damit hast du den Polizisten bezirzt.»

Sie lachte. «Habe ich das?»

«*Brave and bad*!, habe ich da gedacht.»

«Was ist denn passiert?», fragte mein Vater, und Frau Leinhard erzählte ihm die Geschichte.

«Ja, ja … die Waffen der Frauen», nickte er.

«*Mädchen sind so* ist eine sehr freie Übersetzung», sagte Herr Leinhard zu meiner Mutter.

«Aber zutreffend», sagte sie.

Danach fuhren wir Autoscooter. Frau Leinhard zwängte sich mit meinem Vater in einen Wagen und Herr Leinhard mit meiner Mutter. Ich fuhr mit Rosa.

«Du kannst lenken», sagte ich zu ihr.

Ich hoffte, dass es mich erwachsener machte, wenn ich so tat, als wäre es mir nicht so wichtig zu steuern.

«Wir wechseln uns ab», entschied sie.

Mein Vater steuerte mit rechts und legte dabei den linken Arm um Frau Leinhards Schultern. Das sah sehr lässig aus. Herr Leinhard ließ sich von meiner Mutter kutschieren. Sie war ihren 2CV gewohnt, was wahrscheinlich eine gute Voraussetzung fürs Autoscooterfahren war.

Sie schaffte es jedenfalls, hinter meinen Vater und Frau Leinhard zu kommen und die beiden zu jagen. Mein Vater fuhr einen kurvenreichen Kurs, um sie abzuschütteln, aber meine Mutter, die mit beiden Händen lenkte, klebte ihm hartnäckig am Heck. Zuletzt versuchte mein Vater es mit einem Haken, aber er übersteuerte und krachte in die Bande. Meine Mutter rauschte an ihm vorbei, und Herr Leinhard riss begeistert die Arme hoch.

Ich war beim Autoscooter kein Draufgänger. Ich fand es schöner, ohne Karambolage über das Parkett zu schnurren. Das war stets eine Art Slalom, und ich hoffte, dass ich damit bei Rosa richtiglag. Wir fuhren eine beinahe berührungsfreie Runde. Sie saß stumm neben mir. Ich war mir nicht sicher, ob sie Spaß hatte.

«Jetzt bist du dran», sagte ich und überließ ihr das Steuer.

Rosa warf den Chip ein. Als das Signal ertönte, ruckte der Wagen los. Sie hatte kein Gefühl für das Gaspedal. Sie wollte nach rechts, aber sie drehte das Steuer so weit, dass wir auf einmal rückwärts fuhren und gegen die Bande stießen. Sie drehte und riss am Lenkrad, aber es gelang ihr nicht, es in Geradeaus-Stellung zu bekommen. Der Wagen bockte hierhin und dorthin und kam von der Bande nicht los.

Mir wurde klar, dass sie nicht wusste, dass man das Antriebsrad komplett um sich selbst drehen konnte und mit dem Steuer nicht nur die Fahrtrichtung bestimmte, sondern auch zwischen vorwärts und rückwärts wählte.

«Bist du schon mal Autoscooter gefahren?», fragte ich sie.

«Kannst du's mir zeigen?»

Ich legte den Arm um ihre Schultern und übernahm Steuer und Gaspedal. Wir fuhren los. Ich drehte ein paar perfekte Runden mit Rosa an meiner Seite. Ich war noch nie so glücklich gewesen.

Es war schon fast dunkel, als wir vor dem Flugzeug-karussell standen. In den vergangenen Sommern waren die Flugzeuge für mich immer der Höhepunkt der Kirmes gewesen. In den ersten Jahren, an die ich mich erinnern konnte, war ich mit meinem Vater geflogen. Ich hatte vor ihm zwischen seinen Beinen gesessen, und er hatte den Steuerknüppel für die Flughöhe bedient.

Irgendwann – ich war sechs oder sieben – überließ er ihn mir. Ich müsse ziehen, sagte er zu mir, und dann zog ich, und das Flugzeug wurde in die Höhe gehoben. Es war fantastisch. Ich flog auf halber Höhe, aber mein Vater sagte, ich solle uns ganz nach oben bringen, und so zog ich weiter an dem Hebel, bis wir die größtmögliche Höhe erreicht hatten. Die ganze Welt drehte sich mit ihren vielen Lichtern um uns, und wir flogen über allen Köpfen durch die Luft! Ich konnte mir nicht vorstellen, dass irgendetwas je das Glücksgefühl übertreffen würde, das ich hatte, als ich mit meinem Vater im Rücken in dem Karussell saß, den warmen Flugwind im Gesicht.

Meine Mutter entdeckte ein Apollo-Raumschiff als Flugzeug. Man konnte sich hinter die Spitze in den geöffneten Rumpf setzen. «Sieh mal!», sagte sie zu mir.

Ich war in einer schwierigen Situation. Wie gerne wäre ich in das Raumschiff gestiegen und hätte in ihm ein paar Runden gedreht. Aber nachdem ich mit Rosa beim Autoscooter so lässig herumgekurvt war, kam mir ein Flug in der Apollo-Kapsel kindisch vor.

Doch Rosa sagte: «Sollen wir zu zweit fliegen?»

Sie wollte, dass ich hinter ihr saß. Dann könnte ich ihr das System mit dem Steuerknüppel erklären.

«Man muss nur ziehen», sagte ich.

Wahrscheinlich tat sie mir einen Gefallen, weil ich mich beim Autoscooter ganz gut gemacht hatte. Ich konnte kaum glauben, dass sie wirklich mit mir fliegen wollte. Sie hielt mich für einen kleinen Jungen und dachte, ich würde mich darüber freuen. Und ich freute mich darüber.

Wir stiegen ein, zuerst ich, und dann setzte sie sich zwischen meine Beine. Ich nahm zum ersten Mal wahr, wie eng die Karussell-Flugzeuge eigentlich waren. Wenn ich meine Arme nicht aus dem Raumschiff heraushängen lassen wollte, musste ich sie um Rosa legen. Das tat ich.

Das Karussell setzte sich in Bewegung, und wir stiegen in die Höhe. Oben angekommen ließ Rosa den Steuerknüppel los und nahm meine rechte Hand, die wegen der Enge im Cockpit in ihrem Schoß lag. Die Lichter der Kirmes waren in der Dämmerung besonders intensiv. Es war noch warm. Rosa sagte nichts. Sie zog meine Hand unter ihren Rock und schob sie in ihre Unterhose und noch weiter hinab. Ich sagte auch nichts.

Die Stelle, auf der meine Fingerkuppen schließlich lagen, war warm und weich. Ohne zu wissen, warum eigentlich, bewegte ich meine Finger hin und her. Ich hatte nicht die geringste Ahnung, was ich da tat. Aber Rosa protestierte nicht. Vielleicht machte ich das Richtige.

Der Flugwind wehte mir Rosas Haare ins Gesicht. Obwohl sie nicht besonders lang waren, kitzelten sie meine Nase. Ich hätte eine Hand gebraucht, um sie zur Seite zu wischen, aber mit der rechten streichelte ich Rosa, und mein linkes Handgelenk hielt sie so fest, als schütze mein Arm sie wie ein Geländer davor, in die Tiefe zu stürzen.

Das Raumschiff senkte sich, als die Fahrt zu Ende ging. Rosa zog ihre Strickjacke so weit über ihren Schoß, dass von außen betrachtet alles ganz normal aussah – so, als hielte ich sie nur umfasst, während das Karussell allmählich zum Stehen kam.

Meine Mutter lächelte und winkte. Ich sah ihr an, dass sie sich freute, dass ich mich mit Rosa so gut verstand. Vielleicht hatte sie ein schlechtes Gewissen, weil ich ein Einzelkind war, dachte ich auf einmal. Mein Vater hatte ihr ja dafür die Schuld gegeben.

Frau Leinhard winkte auch – wohl ebenso froh wie meine Mutter, dass Rosa und ich uns mochten. Vielleicht hatte es zwischen ihr und Herrn Leinhard ja das gleiche Problem gegeben wie zwischen meiner Mutter und meinem Vater. Rosa winkte zurück. Ich winkte auch, während ich mit der rechten Hand Rosa weiter streichelte.

Wir hatten noch zwei weitere Fahrkarten. Rosa gab eine davon dem Karussellburschen, der vorbeikam, um die Tickets der Fahrgäste einzusammeln. Danach ertönte das Startsignal, und wir stiegen wieder auf. Es war schön gewesen, mit meinem Vater durch die Nacht zu fliegen, aber mit Rosa war es noch schöner.

Ich streichelte sie, und sie rührte sich nun auch selbst. Ihr Unterleib schob sich vor, meiner Hand entgegen. Sie bewegte sich hin und her, langsam zunächst, dann allmählich schneller. Da ich nicht genau wusste, was sie von mir erwartete, passte ich mich ihrem Rhythmus an. Sie griff wieder nach meinem linken Handgelenk und hielt es so fest, dass es beinahe wehtat.

Als die Fahrt zu Ende ging und wir wieder zu Boden sanken, schien es ihr schwerzufallen, sich zu beruhigen und unseren Müttern zuzuwinken, als wäre nichts. Sie standen – diesmal etwas weiter von uns entfernt – auf der anderen Seite des Karussells. Mein Vater und Herr Leinhard rauchten neben ihnen und winkten auch. Vielleicht dachte mein Vater wehmütig an früher und daran, wie er selbst mit mir durch die Lüfte geschwebt war. Aber diese Zeit war vorbei, und nun hatte ich meinen eigenen Co-Piloten.

Als der Karussellbursche seine Runde drehte, hielt Rosa für einen Moment still, doch kaum nahm unser Raumschiff wieder Fahrt und Höhe auf, hob und senkte sich ihr Unterleib so sehr, dass es mir unheimlich wurde. Vielleicht machte ich ja doch etwas falsch.

Aber da sie nach wie vor nicht protestierte, sondern

sogar anfing, hin und wieder ein atemloses Ja zu hauchen, machte ich weiter. Die Lichter drehten sich, die Musik stieg in die Nacht, und Rosa wand sich in meinen Armen, bis sie auf einmal für Augenblicke erstarrte, um sich dann allmählich zu entspannen.

Irgendetwas war geschehen – möglicherweise das Richtige. Sanft, aber bestimmt zog sie meine Hand aus ihrer Unterhose und strich den Rock darüber glatt. Unser Raumschiff begann zu sinken, der Flug war vorüber. Jetzt brauchte ich nicht mehr davon zu träumen, mit einer Apollo-Kapsel zu fliegen – ich hatte es ja erlebt.

Wir stiegen aus der Kapsel. Rosa wankte bei den ersten Schritten und verlor beinahe das Gleichgewicht, doch Frau Leinhard war zur Stelle und fing sie auf.

«Mir ist nur ein bisschen schwindlig.»

«Drei Fahrten waren zu viel», sagte Frau Leinhard.

«Nein, es hat Spaß gemacht!»

«Ja, mir auch», sagte ich.

«Seid ihr zum Mond geflogen?», flachste mein Vater.

«Ja, sind wir», sagte Rosa mit sonderbarer Bestimmtheit.

«Dann seid ihr schneller als die NASA», lachte mein Vater.

«Und wie war es auf dem Mond?», hängte sich Herr Leinhard an den Scherz.

Rosa nahm meine Hand und drückte sie.

«Das sagen wir nicht.»

«Das ist geheim.»

«Nun, dann werden wir uns wohl noch drei Wochen gedulden müssen, um es zu erfahren», sagte mein Vater gut gelaunt zu Herrn Leinhard.

Wir schlenderten weiter, Rosa und ich Hand in Hand. Ich war glücklich und verwirrt. War sie jetzt meine Freundin? Ich wusste, dass es für Jungen irgendwann wichtig wurde, mit einem Mädchen «zu gehen». «Gingen» wir jetzt miteinander? Und was war vorhin eigentlich geschehen? Streichelten Jungen Mädchen zwischen den Beinen, um ihre Zuneigung zu ihnen auszudrücken?

Mein Vater ging mit Frau Leinhard voraus, mit etwas Abstand folgten meine Mutter und Herr Leinhard, die sich angeregt unterhielten.

Irgendwann blieb Frau Leinhard an einer Schießbude stehen und betrachtete das bunt glitzernde Sortiment. Sie ließ sich ein Gewehr geben und legte an. Sie schoss wie eine Geheimagentin. Man merkte gar nicht, dass sie zwischendurch spannte. Sie drückte fünfmal in kurzer Folge ab und kam dann mit einer Flasche Sekt an.

Mein Vater trieb Plastikbecher auf. Rosa und ich bekamen auch etwas ab. Unsere Eltern gingen in eins der Zelte, aber wir blieben draußen. Wir setzten uns auf eine Kiste und betrachteten den Mond, der über dem Zelt stand, in dem unsere Eltern saßen.

«Bist du jetzt meine Freundin?»

Rosa wies auf den Mond. «Wenn du dich entscheiden müsstest, zum Mond zu fliegen oder mich zu streicheln. Was würdest du tun?»

«Darf ich dich denn wieder streicheln?»

«Wie soll das gehen, wenn du zum Mond fliegst?»

«Dann bleibe ich hier.»

«Bist du sicher?»

Ich zögerte.

«Ich käme ja zurück», sagte ich.

«Das ist keine sehr romantische Antwort», sagte sie.

«Aber ich dürfte, ja?»

«Das weiß ich noch nicht», sagte sie.

«Dann hat es dir nicht gefallen?»

Sie schüttelte den Kopf.

«Ich habe nicht Nein gesagt.»

«Aber du hast auch nicht Ja gesagt.»

Sie zuckte mit den Schultern.

«Mädchen sind so.»

11
Apollo 11

Rosa leistete mir beim Start von Apollo 11 vor dem Fernseher Gesellschaft. Es war ein gewöhnlicher Mittwochnachmittag, und wir trafen uns deswegen nicht mit den Leinhards oder bei meinem Onkel. Wir hatten ja schon einen Apollo-Start in Farbe gesehen. Mein Vater war in der Firma, und meine Mutter übersetzte.

In Schwarz-Weiß war der Start aber doch nicht so beeindruckend wie auf dem riesigen Farbbildschirm meines Onkels. Der gelbe Feuerstrahl am Fuß der Rakete war unscharf, und der Himmel flimmerte hellgrau. Es war wolkiger als beim Start von Apollo 10, und die Konturen der Rakete verschwammen. Aufgeregt war ich trotzdem. Rosa harrte mit mir vor dem Fernseher aus, bis das letzte Glühen der zweiten Antriebsstufe im Himmelsflimmern verschwunden war.

Die Tage danach bis zur Landung am Sonntagabend zogen sich für mich ereignislos dahin. Ich wusste nichts mit mir anzufangen. Die hohen Erwartungen an das Kommende lähmten mich. Ich zeichnete eine Karte mit der Flugbahn von Apollo 11 und trug mit Datum und Uhrzeit ein, wo das Raumschiff sich jeweils befand. Doch damit konnte man keinen ganzen Tag ausfüllen. Abends musste ich mich mit der schmalen Sichel im Fernglas begnügen, die der Mond in diesen Tagen war.

Rosa schrieb an ihrem Roman. Manchmal gingen wir zum Rhein hinunter und setzten uns auf den Stamm einer umgestürzten Weide, deren Krone im brackigen Wasser eines toten Flussarms lag. Sie trieb noch Blätter, und es raschelte leise, wenn wir dort saßen.

Oder ich versuchte Rosa zu überreden, mit mir ans Ende einer Buhne zu kommen. Manchmal setzte ich mich dorthin und sah den vorbeifahrenden Schiffen zu. Ich stellte mir vor, dass Raumschiffe einmal genauso alltäglich sein würden wie Flussschiffe.

Rosa kam immer nur bis zur Hälfte der Buhne mit. Man musste auf den Basaltbrocken vorsichtig gehen, um nicht umzuknicken oder auszurutschen. Eigentlich war es nicht gefährlich, denn die Buhnen waren zu breit, als dass man in die Strömung mit ihren unberechenbaren Strudeln hätte fallen können. Aber Rosa kam trotzdem nie mit ans Ende. Das wunderte mich. Wir hatten Dinge getan, von denen ich immer noch nicht wusste, ob man sie überhaupt tun durfte, aber vor Wasser ängstigte sie sich.

Die Landung am Sonntag sahen wir uns bei meinem Onkel in Farbe an. Die Übertragung begann am Nachmittag. Im Fernsehstudio stand ein Modell der Mondfähre in Originalgröße. Die Moderatoren und Experten sprachen über alles, was in den kommenden Stunden geschehen würde, wo die Gefahren dabei lagen und welche unvorhersehbaren Risiken es gab. Zum Beispiel kannte ja niemand den anvisierten Landeplatz im Mare Tranquillitatis, dem *Meer der Ruhe*, aus nächster Nähe. Vielleicht war er nicht so perfekt geeignet, wie man es hoffte. Vielleicht mussten die Astronauten vor dem Aufsetzen zuerst nach einem ebenen Gelände ohne Geröll und Gefälle suchen.

Frau Leinhard sorgte für das Essen. Sie hatte eine große Tafel mit griechischen Gerichten und Spezialitäten vorbereitet – eine *Meze*, wie sie uns erklärte.

Wir wussten nicht, was das war, und mein Vater machte einen Scherz daraus: «Eine Messe? Das heißt, wir müssen beten? Nun, warum auch nicht? Die Astronauten können das sicher gebrauchen.»

Herr Leinhard fand die Idee eines griechischen Essens zur Mondlandung durchaus passend. Die älteste Erzählung vom Fliegen sei schließlich die von Dädalus und Ikarus, sagte er beim Auspacken der mitgebrachten runden, flachen Brote. Und außerdem, belehrte er uns, hatte ein griechischer Schriftsteller mit dem Namen Lukian bereits vor fast zweitausend Jahren eine Mondreise beschrieben. Der Reisende in dieser Erzählung war mit angeklebten Federn geflogen und hatte im Himmel die schöne Frau Luna getroffen, die sich bitterlich darüber beschwerte, dass einige Philosophen auf der Erde sie für so etwas wie einen angeschlagenen Teller ohne eigene Leuchtkraft hielten.

«Das war gewiss nicht sehr charmant», sagte er. «Aber was die Leuchtkraft anging, hatten die Philosophen ja recht, wie wir inzwischen wissen.»

Frau Leinhard hatte für ihre *Meze* Nahrungsmittel aufgetrieben, von denen wir noch nie gehört hatten, wie Halloumi, Avocados oder Gerstenzwieback. Und bei anderen Zutaten wussten wir zwar, dass es sie gab, aber nicht, dass sie genießbar waren, wie Krakenarme, Weinblätter oder Disteln.

Eine *Meze*, erklärte Frau Leinhard uns, sei eine Zusammenstellung von unterschiedlichsten Speisen und Leckereien, die alle gleichzeitig auf den Tisch kämen. Jeder durfte sich daran nach Lust und Laune bedienen – ein ideales Büffet für die lange Dauer der Übertragung.

Ich war nicht sehr experimentierfreudig und hielt mich an die kleinen Hackfleischbällchen, die Frau Leinhard Keftedakia nannte.

«Nun, wie läuft es?», fragte mein Vater.

Ich saß mit meinem Teller vor Onkel Hartmuts Fernseher und verfolgte die Berichterstattung. Im Apollo-Studio waren alle sehr gespannt. Vor dem Modell der Mondfähre standen zwei Techniker in nachgemachten Raumanzügen und erklärten die Funktion der vielen Schalter und Knöpfe im Cockpit. Der Moderator hieß Günther Siefarth, und ab und an wurde ein Reporter in Houston telefonisch zugeschaltet, von dem dann ein Foto mit Telefonhörer eingeblendet wurde. Er war sehr gut informiert, was gerade geschah. Zwischendurch erschien auf dem Bildschirm die digitale Missionsuhr mit der Flugdauer und der Zeit bis zur nächsten Zündung.

«Die Mondfähre wird bald abgekoppelt», sagte ich.

«Pass gut auf.»

«Ganz bestimmt.»

«Glaubst du, dass sie es schaffen?»

«Na klar!»

Er legte mir die Hand auf die Schulter, so als wollte er sagen, dass die Mondlandung etwas war, das wir für immer gemeinsam haben würden. Dann ging er hinaus.

Kurz darauf kam Rosa herein.

«Deine Mutter und mein Vater sitzen im Garten. Sie unterhalten sich sehr angeregt über ihre Roman-Übersetzung. Sie ist damit in dieser Woche fertig geworden. Wusstest du das schon?»

«Mmh», machte ich und sah weiter auf den Bildschirm.

«Eigentlich ist das komisch», sagte Rosa. «Es kommt mir so vor, als würde *deine* Mutter besser zu *meinem* Vater passen und *meine* Mutter besser zu *deinem*.»

«Findest du?»

«Du denn nicht?»

Ich hatte noch nie darüber nachgedacht. Eltern waren etwas Gegebenes, und sie in Gedanken die Plätze tauschen zu lassen – wozu sollte das gut sein?

«Nein, wieso?»

Rosa senkte ihre Stimme. «Was wäre denn, wenn sich deine Mutter und mein Vater ineinander verlieben würden? Hast du darüber schon einmal nachgedacht?»

Hatte ich nicht. Ich schüttelte den Kopf.

«Aber es könnte doch passieren. Sie mögen sich.»

«Ist doch gut, wenn sie sich mögen.»

Ich wollte fernsehen, aber Rosa ließ nicht locker.

«Das sagst du ja immer. Aber wenn sie sich ineinander verlieben, ist es ein Problem.»

«Was soll denn passieren?»

«Tobi. Wenn sich zwei Menschen lieben, dann wollen sie auch zusammen leben. Also stell dir vor, deine Mutter würde zu meinem Vater ziehen.»

«Und was ist mit *deiner* Mutter?»

«Das ist es ja. Es wäre ein riesiges Problem.»

Wenn meine Mutter zu ihrem Vater ziehen würde, dachte ich, dann wären unsere Eltern – zwei davon – ein Paar. Und wir, Rosa und ich? Würden wir dann *auch* unter einem Dach leben? Wären wir dann Geschwister?

Mir fiel ein, dass sie Schriftstellerin werden wollte und seit ein paar Wochen an ihrem Roman schrieb. Auf einmal klangen ihre Überlegungen für mich wie eine ihrer Albtraumgeschichten, in denen Dinge geschahen, die in Wirklichkeit nicht vorkamen.

«Das denkst du dir für dein Buch aus!», sagte ich.

Sie war wütend darüber, dass ich das dachte. Aber vielleicht bedeutete das, dass ich recht hatte. Sie schüttelte entschieden den Kopf.

«Ehrlich, Tobi. Ich verstehe nicht, dass du dir das da ansiehst.» Sie wies auf den Fernseher. «Sie reden immerzu über etwas, das irgendwo geschieht, aber niemand kann es sehen. Ich sage dir: Hier gibt es viel mehr zu sehen. Und wir sind mittendrin.»

Sie ging hinaus. Ich sah ihr nach. Ich verstand sie nicht. Frau Leinhard hatte ein paar Flaschen von einem Getränk mitgebracht, das Ouzo hieß und uns − beziehungsweise den Erwachsenen − von ihr als ideales Verdauungsgetränk zu ihrer *Meze* empfohlen wurde. Bei der Eröffnung ihres Buffets hatten alle damit angestoßen.

Auf der Terrasse sah ich Tante Mechthild sich ein Glas davon einschenken. Außer ihr war niemand da, und ich hatte den Eindruck, dass sie sich unbeobachtet glaubte. An mich hatte sie nicht gedacht, doch als sie noch ein zweites Glas hinterhertrank und die Flasche dann auf den Tisch stellte, sah sie mich. Sie kam ins Zimmer und hielt sich einen Moment am Türrahmen fest.

«Sind sie schon gelandet? Ich verstehe gar nicht, warum sie das machen. Der Mond ist so weit weg. Was wollen die da? Er ist eine Wüste. Warum interessiert dich das so? Der Mond ist eine Wüste. Was will man in der Wüste? Da! − Sieh nur hin!» Die kraterübersäte, mehlweiße Oberfläche des Mondes drehte sich unscharf flimmernd über die Mattscheibe. Tante Mechthild schüttelte den Kopf.

«Jesus war vierzig Tage in der Wüste, und wurde dort vom Teufel mehrfach in Versuchung geführt. Er sollte Steine in Brot verwandeln, um etwas zu essen zu haben, und sich in die Tiefe stürzen und von Engeln auffangen lassen, aber er hat es abgelehnt. Er hat allen Versuchungen des Teufels widerstanden. So stark sind wir Menschen aber nicht. Es wird ein Unglück geben. Das alles wird nicht gut gehen, es wird nicht gut gehen ...»

Leicht wankend ging sie durchs Zimmer und verschwand im Flur. Ich sah ihr nach. Das Raumschiff war im Funkschatten hinter dem Mond, sodass es in diesem Moment keine Verbindung zu den Astronauten gab.

Die Pause wurde mit einem Bericht ausgefüllt, der vor ein paar Tagen beim Raketenstart in Florida aufgezeichnet worden war. Rund um Cape Kennedy hatten sich auf den Straßen kilometerlange Verkehrsstaus gebildet. Die Menschen kampierten in ihren Autos, auf den Parkplätzen und am Straßenrand. Alle waren sehr gut gelaunt und freuten sich auf den Start. Ich glaubte, dass das Leben in Amerika einfacher wäre als hier.

Rosa kehrte zurück. «Dein Vater und meine Mutter machen einen Spaziergang am Rhein.»

«Und warum *nicht*?»

«Sie sind *zu zweit*.»

Ich versuchte, ironisch zu sein.

«Sind sie *auch* ineinander verliebt?»

«Das wäre doch möglich. Sie nutzen die Gelegenheit: Deine Mutter und mein Vater haben sich festgequatscht, deine Tante trinkt – sie trinkt übrigens eindeutig zu viel, ist dir das schon mal aufgefallen –, und dein Onkel telefoniert seit einer halben Stunde.»

«Dann ist es doch logisch, dass niemand mit deiner Mutter und meinem Vater spazieren geht.» Ich fand, das war ein gutes Argument, aber Rosa ließ es nicht gelten.

«Du weißt, was ich meine.»

«Eigentlich nicht.»

«Sie mögen sich und ziehen sich zu zweit in die Natur zurück. Verstehst du denn nicht?»

«Nein.»

Wahrscheinlich *wollte* ich es nicht verstehen. Ich wollte in *meiner* Welt bleiben. Der Welt der Raumfahrt und der Mondlandung, die so unmittelbar bevorstand.

Rosa starrte ins Leere. Auf einmal hatte ich das Gefühl, dass etwas zwischen uns stand, das ich lange nicht mehr gespürt hatte. Vielleicht machte mich die Tatsache, dass ich mich so sehr für die Übertragung interessierte, in ihren Augen wieder zu dem schlichten, unbedarften Jungen, der sie, das ältere und klügere Mädchen, nicht verstand. Vielleicht war sie enttäuscht, weil sie alles versucht hatte, mir die Augen zu öffnen, und es ihr nicht gelungen war.

«Es gibt etwas in uns, das sehr mächtig ist», sagte sie schließlich. «Aber ich sollte nicht darüber reden. Ich hätte das von Anfang an nicht tun sollen. Du hast recht, ich wollte nicht über unsere Eltern reden, sondern über mich, über das, was in mir geschieht. Mit wem *soll* ich denn darüber reden? Aber ich hätte wissen müssen, dass du noch nicht dazu bereit bist. Ich habe nur an mich gedacht. Das tut mir leid.»

«Was tut dir leid?»

«Wir sind zu unterschiedlich, Tobi. Du fühlst nicht das, was ich fühle.»

«Und was fühlst du?»

«Das ist es ja: Ich kann's dir nicht sagen.»

«Aber wir sind doch Freunde.»

Sie antwortete nicht gleich.

«Ich weiß es nicht.»

Sie ging hinaus. Ich versuchte nicht, sie aufzuhalten, und blieb vor dem Fernseher sitzen, ohne auf das Bild zu achten. Auf einmal war mir die Sendung gleichgültig. Ich hatte gehofft, es würde ein aufregender Tag werden und alle wären guter Dinge. Aber Rosa gab mich auf, und meine Tante beschwor den Teufel. Warum geschah so selten das, was man sich wünschte? Und gab es irgendeine Möglichkeit, daran etwas zu ändern?

Auf einer Schautafel wurde das Raumschiff hinter dem Mond gezeigt, um zu demonstrieren, warum von dort aus keine Funkverbindung zur Erde möglich war. Die Astronauten waren im Mondschatten ganz auf sich allein gestellt. Man konnte nur warten.

Das Einzige, was ich begriff, waren die Ereignisse im Weltraum. *Mir* brauchte man nicht zu erklären, warum es hinter dem Mond einen Funkschatten gab. Mir brauchte man nicht zu erklären, was eine Bremszündung war. Und ich fragte mich, warum die Dinge auf der Erde nicht ebenso klar und verständlich waren wie die auf dem Mond.

Später, in der einsetzenden Dämmerung, sah ich von der Toilette im Obergeschoss aus meine Mutter und Frau Leinhard in einer Mauerecke hinter der Garage stehen. Ich fragte mich, warum sie sich dorthin zurückgezogen hatten. Wahrscheinlich wollten sie nicht gesehen werden, aber durch das Fenster neben dem Waschbecken fiel der Blick wie von selbst auf sie dort unten.

Ich hatte das Gefühl, dass es keine unbeschwerte Unterhaltung war. Beide sahen ernst aus, so als unterdrückten sie eine Erregung. Ich versuchte zu verstehen, was vor sich ging. Vielleicht hatte Rosa mit ihren Überlegungen ja doch recht, und sie warfen sich vor, sich gegenseitig in ihre Männer verliebt zu haben.

Die Fernsehübertragung aus dem Kontrollzentrum in Houston war nicht so gut, wie ich gehofft hatte. Man sah die Techniker in langen Reihen vor ihren Konsolen und Monitoren sitzen, aber die Konturen der Dinge waren unscharf und die Farben unnatürlich. Die Mondfähre, hieß es, hatte sich vom Mutterschiff abgekoppelt und war jetzt auf ihrem Weg, nur noch fünfhundert Kilometer von der Landestelle entfernt. In einer Trickaufnahme wurde gezeigt, wie sie mit ausgeklappten Spinnenbeinen und brennendem Triebwerk der Mondoberfläche entgegensank.

Bis auf Tante Mechthild saßen nun alle vor dem Fernseher. Mein Vater starrte auf den Bildschirm, und auch Herr Leinhard konnte sich dem Bann der Übertragung nicht entziehen, obwohl er Lukian gelesen hatte. Er zog nervös an seiner Gitanes, und mein Vater zündete sich eine Peter Stuyvesant an der anderen an. Über dem Bild vom Kontrollzentrum wurde eine Digitalanzeige eingeblendet, die die Minuten und Sekunden bis zur Landung hinunterzählte: fünf Minuten, dann noch drei.

Onkel Hartmut sagte, das wäre jetzt eine Art Sturzflug. Mit seinen Sturzkampfbombererfahrungen verstand er von uns allen am meisten vom Fliegen, und wir glaubten ihm. Danach starrten alle schweigend auf den Bildschirm. Frau Leinhard saß neben meiner Mutter und ergriff ihre

Hand. Nach dem, was ich vor einer halben Stunde beobachtet hatte, erleichterte mich das.

Und ich wünschte mir, dass Rosa meine Hand nähme, so wie sie es nach unserer Karussellfahrt getan hatte. Aber seit sie gegangen war, verhielt sie sich mir gegenüber kühl. Ich wollte nur an die Mondlandung denken, aber ich dachte an Rosa, und wie ich es hinbekommen könnte, dass sie meine Hand hielt. Es wäre so schön, dachte ich, mit ihr zusammen der Landung entgegenzufiebern.

Fünfzig Sekunden noch, hieß es, dann dreißig, fünfundzwanzig. Auf einmal dachte ich an Tante Mechthild, die gesagt hatte, dass ein Unglück geschehen würde. Aber sie war ja betrunken gewesen. Es gelang mir nicht mehr, mir vorzustellen, durch den Weltraum zu schweben. Dann hieß es, die Fähre sei gelandet. An dem Fernsehbild änderte sich nichts, aber die Menschen waren auf dem Mond. Und wo war ich?

Ich hatte gedacht, im Kontrollzentrum würden nun alle jubelnd die Arme hochreißen, aber man spürte kaum, dass die Anspannung von den Wissenschaftlern und Technikern in Houston wich. Die Kommentatoren und Experten im Apollo-Studio blieben ebenfalls ernst. Jetzt müsse geprüft werden, ob alle Systeme die Landung unbeschadet überstanden hätten, hieß es.

Onkel Hartmut ließ dennoch den Korken einer Sektflasche knallen und füllte die bereitstehenden Gläser. Rosa und ich bekamen auch eins.

Rosa kam zu mir und sagte mit einem spöttischen Unterton: «Und? Bist du jetzt glücklich?»

Wie gerne wäre ich es gewesen. Noch vor ein paar Monaten war ich mir sicher gewesen, dass mich nichts so glücklich machen würde wie die Landung auf dem Mond.

Und jetzt machte sich Rosa über mich lustig.

«Was habe ich falsch gemacht?»

«Nichts», sagte sie. «Du hast nichts falsch gemacht.»

«Warum fragst du mich dann, ob ich glücklich bin?»

«Das stört dich?»

«Weil du es nicht ehrlich meinst.»

«Wie kommst du darauf?», sagte sie.

«Als wenn die Raumfahrt dir etwas bedeuten würde.»

«Sie bedeutet *dir* etwas.»

«Und deswegen nimmst du mich nicht ernst.»

«Das stimmt nicht.»

«Du behandelst mich wie einen kleinen Jungen.»

«Das habe ich doch gar nicht. Gerade *das* habe ich *nicht*!»

Sie ging wütend hinaus.

Nach der Landung standen alle Erwachsenen auf der Terrasse in der Dämmerung, um Sekt zu trinken. Sie waren fröhlich und lachten und beachteten mich nicht. Ich saß allein vor dem Fernseher, und mir war alles egal. Ich hörte die verrauschten Stimmen der Astronauten vom Mond, aber was hatte ich davon, ich konnte kein Wort verstehen. Auf einmal stand mein Vater neben mir.

«Na, Tobi. Das war toll, oder?»

«Ja ...», sagte ich.

Es klang wohl nicht so begeistert, wie er erwartet hatte, und so spürte er meine Enttäuschung. «Was ist los?»

«Ich habe mich mit Rosa gestritten.»

Er setzte sich neben mich.

«Erinnerst du dich noch daran, was ich dir über sie und eure Freundschaft gesagt habe?»

«Dass sie bald andere Freunde finden wird.»

«Und? Hat sie das?»

«Ich weiß es nicht.»

Er dachte einen Moment nach. «Du kommst jetzt in ein Alter, in dem die Mädchen anfangen, einem etwas zu bedeuten – nicht nur als Spielkameradinnen so wie früher, sondern anders. Vielleicht ist es bei dir ja schon so. Am Anfang will man das gar nicht wahrhaben, aber man kann nichts dagegen machen. Es ist ja auch irgendwie schön. Oft ist es aber so, dass Mädchen Jungen erst interessant finden, wenn sie noch etwas älter sind. Da kann man genauso wenig dran machen.»

«Ist mir egal.»

Mein Vater nickte. «So sollte es auch sein. Du darfst dir die Mondlandung nicht verderben lassen.»

«Tue ich nicht.»

Er boxte mir aufmunternd gegen den Oberarm.

«Du hast es gewusst! Sie haben es geschafft!»

«Sie müssen ja noch aussteigen.»

«Das bekommen sie auch hin.»

«Ja, glaube ich auch.»

«Hast du schon den Sekt probiert?», sagte er.

Ich schüttelte den Kopf. «Nein.»

«Na, dann aber!», sagte er. «Wo ist dein Glas?»

Es stand auf dem niedrigen Tisch neben der Couch. Er gab es mir und sagte, wir würden jetzt auf das Wohl der Astronauten trinken. Sie seien echte Helden und hätten bewiesen, dass Menschen alles erreichen könnten, wenn sie es unbedingt wollten!

Ich dachte daran, dass ich mein erstes Glas Sekt mit Rosa nach unserer Karussellfahrt getrunken hatte. Wie gut er mir geschmeckt hatte! Vielleicht würde es jetzt auch so sein. Das Kribbeln im Hals war angenehm. Nach einer Weile ging es mir wieder besser, und ich hielt es für möglich, dass Rosa mich doch mochte.

Irgendwann hieß es, dass der Ausstieg der Astronauten auf den Mond vorverlegt werden sollte. Eigentlich war nach der Landung eine Ruhephase von mehreren Stunden vorgesehen gewesen, aber offenbar wollten die Astronauten diese ausfallen lassen.

Ich schöpfte die Hoffnung, bis zum Ausstieg aufbleiben zu dürfen. Allerdings würde es trotz der beschlossenen Verkürzung frühestens um drei Uhr morgens so weit sein. Mein Vater schien sogar bereit, das zu erlauben, aber meine Mutter war dagegen. Und leider schloss sich auch Frau Leinhard, von der ich mir mehr Großzügigkeit erhofft hatte, ihrer Meinung an. Sie erklärte sich sogar bereit, Rosa und mich nach Hause zu fahren.

Wir sollten bei den Leinhards übernachten, damit keiner von uns nachts allein zu Hause wäre. Der wahre Grund dafür war aber vermutlich der, dass die Leinhards keinen Fernseher hatten. Wir würden daher also nicht in Versuchung geführt, heimlich wach zu bleiben, um uns doch die ersten Schritte auf dem Mond anzusehen.

Rosa protestierte nicht dagegen, und damit war die Sache entschieden. Ohne Rosas Unterstützung war ich gegen den Elternwillen machtlos. Ich warf einen letzten Blick auf den Bildschirm mit der Expertenrunde. Dann verabschiedeten wir uns und stiegen kurz darauf in den Volvo der Leinhards.

Frau Leinhard redete während der Fahrt irgendetwas, was weder mich noch Rosa interessierte. Aber sie redete trotzdem, weil das so ihre Art war. Sie hörte erst auf, als sie zwanzig Minuten später ausstieg, um uns die Haustür aufzuschließen.

Sie gab mir die Hand und Rosa einen Kuss und wünschte uns eine gute Nacht. Ich sollte mich ins Gästezimmer legen, das Bett dort sei gemacht, sagte sie. Es war also so vorbereitet gewesen. Sie winkte uns noch einmal zu, bevor sie in den Volvo stieg und zurückfuhr.

Wir gingen in Rosas Zimmer. Sie legte unsere Doors-Platte auf. Seit unserem Streit hatten wir nicht mehr miteinander geredet. Die Platte knisterte ein paar Sekunden, bevor *Hello, I Love You* begann.

«Mein Vater hat gesagt, dass Mädchen sich nur für ältere Jungen interessieren», sagte ich.

Sie lauschte der Musik.

«Als ich dich dort unten berührt habe, war das schön?»

«Ja, es war schön», sagte ich.

«Und trotzdem bist du weggelaufen.»

«Es hat mir Angst gemacht.»

«Ältere Jungen laufen nicht weg», sagte sie.

Wusste sie das oder nahm sie es nur an?

Wir hörten uns noch zwei oder drei Lieder an, dann ging ich ins Gästezimmer. Trotz der sommerlichen Wärme am Tag war die Luft dort kühl und ungemütlich. Es war, als könnte man die lange Menschenleere in dem Raum spüren. Der Vorhang vor dem Fenster war zugezogen, und ich schob ihn beiseite. Der Mond war von hier aus nicht zu sehen, aber er war wohl auch schon untergegangen.

Irgendwann kam Rosa ins Zimmer.

«Ich möchte nicht, dass du den Mond verlierst.»

«Den Mond verlieren? Wie denn das?»

«Ich habe Angst, dass ich ihn dir wegnehme.»

«Wie denn?»

«Den Mond in dir. Nicht den da draußen.»

Ich verstand nicht genau, was sie mir damit sagen wollte. Es klang aber nicht ironisch. Sie sah sehr ernst aus. Sie meinte, ich könnte auch bei ihr schlafen. Darüber war ich sehr froh. Ich mochte das Gästezimmer nicht.

Wir legten uns beide in unserer Unterwäsche ins Bett, und Rosa machte das Licht aus. Irgendwann gewöhnten sich meine Augen an die Dunkelheit. Etwas Licht fiel von der Straße ins Zimmer. Wir hatten die Platte vergessen, und jetzt fiel mir das rhythmisch sich wiederholende Knistern auf, das die Nadel am Ende der Rille produzierte. Eigentlich war es ein ganz schönes Geräusch, dachte ich. Es hatte etwas Heimeliges wie ein leises Feuer.

«Schließ deine Augen», sagte Rosa.

Ich tat es. Sie nahm meine Hand und führte sie dorthin, wo sie sie schon einmal hingeführt hatte. Dann berührte sie mich an der gleichen Stelle. Es war so schön wie beim ersten Mal, aber diesmal hatte ich keine Angst. Ich vertraute Rosa. Wenn wir uns an diesen Stellen berührten und es schön fanden, war es wohl richtig so. Sie bewegte sich unter meiner Hand. Ich wollte herausfinden, wie es für sie am schönsten war. Sie wusste es bei mir.

Sie richtete sich auf und zog sich selbst und mir die Unterhose aus. Meine Augen waren immer noch geschlossen. Sie legte sich auf mich, und die Empfindungen, die von der Berührung ausgingen, überschwemmten mich. War schon das Streicheln schön gewesen, steigerte sich jetzt alles zu einem mächtigen Gefühl, das meinen ganzen Körper erfasste. Unsere Bewegungen wurden immer schneller und sicherer, als wüssten wir auf einmal genau, was zu tun war. Wir schwebten, dann verlor ich mich.

Ich öffnete die Augen. Rosa saß auf mir, die Hände auf meine Brust gestützt. Im schwachen Licht der Straßenlaterne sah sie aus, als wäre sie weit weg und doch ganz bei sich selbst. Ich fand sie wunderschön, noch schöner als sonst. Sie schwitzte leicht, und eine Haarsträhne hatte sich in ihrem Mundwinkel verfangen. Die Träger ihres Unterhemds schimmerten weiß auf ihren Schultern, und aus ihren Armen wich allmählich die Spannung.

Ich wagte nicht, an mir hinabzusehen zu der Stelle, wo sich unsere Körper berührten. Obwohl ich es ja miterlebt hatte, blieb meine Vorstellung von dem, was dort unten wirklich geschehen war, eher vage. Es war mir auch gar nicht wichtig. Ich lag einfach nur da und betrachtete Rosa und war sehr glücklich.

«Hat es dir auch gefallen?»

Sie antwortete nicht gleich. Sie legte sich neben mich und zog die Decke über uns. Wir lagen wieder da wie zu Beginn und sahen beide zur Decke. Ich fragte mich, was sie wohl dachte. War sie denn nicht glücklich?

Schließlich sagte sie: «Es ist sehr spät, Tobi. Wir sollten jetzt schlafen.»

Irgendwann begann sie sehr gleichmäßig zu atmen. Sie war eingeschlafen und ließ mich mit meinen Fragen allein. Warum hatte sie nicht einfach Ja gesagt? Hatte es ihr *nicht* gefallen? Aber warum hatten wir es dann getan? Es war doch von ihr ausgegangen.

Ich war beunruhigt. Wie sollte ich einschlafen, wenn ich das alles nicht wusste? Ich wollte, dass sie so glücklich war wie ich. Aber war ich noch glücklich? Auf einmal fühlte ich mich allein.

Ich starrte durch das Fenster in die Nacht und konnte nicht schlafen. Der Plattenspieler knisterte immer noch. Oder vielleicht schlief ich doch, aber nicht tief und immer nur für kurze Zeit. Rosa atmete leise und regelmäßig. Ihr Wecker neben dem Bett zeigte ein Uhr an, dann zwei, dann drei. Ich schlüpfte aus dem Bett. Auf dem Boden lagen unsere Unterhosen. Ihre hatte ein blasses Muster aus kleinen Marienkäfern. Ich zog mich an und hob den Tonarm von der Platte. Dann ging ich hinaus.

Meine Eltern und die Leinhards hatten als Nachbarn die Schlüssel getauscht. Ich brauchte nicht lange zu suchen. Ich fand unseren in der obersten Schublade des Telefontischs im Flur. Ich hatte kein schlechtes Gewissen, als ich das Haus verließ. Vielleicht ging ich ja einfach nur dorthin, wo ich hingehörte.

Es konnte niemand zu Hause sein. Dennoch schloss ich die Tür sehr leise auf und schlich mich ins Haus. Ich wollte ins Wohnzimmer, um den Fernseher einzuschalten, doch dann hörte ich ein Wispern ohne erkennbare Wörter, aber eindeutig eine Stimme, die Stimme einer Frau. Ich blieb stehen. Das Wispern war zu leise, um die Stimme zu erkennen. Vielleicht war es die von Frau Leinhard.

Ich wusste nicht, wie ich darauf kam. Ich hatte keinen Wagen in der Einfahrt stehen sehen, nicht bei den Leinhards, nicht bei uns. Aber wenn es Frau Leinhard war, dachte ich, dann konnte sie nicht alleine hier sein. Es war möglich, von meinem Onkel aus am Rheinufer entlang zu Fuß hierherzukommen. Das dauerte etwas mehr als eine Stunde.

Ich hätte umkehren können, aber ich tat es nicht. Ich näherte mich der Wohnzimmertür, erreichte den Türrahmen und blieb stehen. Vorsichtig streckte ich den Kopf vor. Ich sah zuerst die geschlossenen Vorhänge, danach das Flaschenbüfett und zuletzt die Polstermöbel am Couchtisch. Im rechten der beiden Sessel saß meine Mutter. Ihre Augen waren geschlossen.

Ich konnte mich nicht erinnern, meine Mutter je nackt gesehen zu haben. Ich kannte ihr Gesicht, sie war es, und sie war es nicht. Aber was mich am meisten verwirrte, war, dass Frau Leinhard zwischen ihren Beinen kniete. Sie wandte mir den Rücken zu, ich erkannte sie an ihren Haaren. Es fiel nur wenig Licht durch die Vorhänge, aber meine Augen hatten sich an die farblose Dunkelheit gewöhnt. Meine Mutter atmete tief und seufzte leise. In ihrem Schoß bewegte Frau Leinhard den Kopf langsam auf und ab. Meine Mutter öffnete die Augen, um sie anzusehen, aber sie sah mich.

Oder vielleicht sah sie mich auch nicht, sondern starrte nur in meine Richtung, ohne zu wissen, was sie dort eigentlich sah. Ich war mir im ersten Moment nicht sicher, ob sie mich erkannte. Der Anblick lähmte sie so lange, dass es mir endlos vorkam. Ich begriff, dass das Schlimmste passiert war, was aus ihrer Sicht hätte geschehen können.

Sie verschränkte die Arme vor der Brust und sagte nur immer wieder «Nein!» und «Nein, nein!», als gebe es die Möglichkeit, dadurch etwas rückgängig zu machen oder mich zum Verschwinden zu bringen.

Dann brach sie in Tränen aus. Sie sammelte ihre Kleidung ein, hektisch und verzweifelt. Auch Frau Leinhard zog sich an. Meine Mutter drückte das eingesammelte

Stoffbündel gegen ihre Brust und hastete, ohne mich anzusehen, an mir vorbei. Oben schloss sie eine Tür, die des Gästezimmers, nahm ich an, das ja jetzt ihr Zimmer war.

Da ich nicht wusste, was ich sonst hätte tun sollen, blieb ich die ganze Zeit über stehen. Als Frau Leinhard fertig angezogen war, kam sie zu mir.

«Kannst du das für dich behalten?»

Ich wusste nicht genau, ob das eine Frage war oder eine Aufforderung, nicht darüber zu reden. Von der fröhlichen Art, die sie sonst an den Tag legte, war nichts zu spüren.

«Was machst du hier überhaupt?»

«Ich wollte die Astronauten auf dem Mond sehen.»

Sie dachte nach. «Stell dir vor, du hättest geträumt.»

«Kann ich versuchen.»

«Gut. Dann geh jetzt ins Bett.»

Ich war es gewohnt, das zu tun, was Erwachsene von mir verlangten, und so drehte ich mich um und ging die Treppe hoch. Hinter mir hörte ich Frau Leinhard das Haus verlassen. Oben war es dunkel, meine Mutter hatte kein Licht gemacht. Ich tat es auch nicht.

Wahrscheinlich machte jetzt gerade Neil Armstrong seine ersten Schritte auf dem Mond. Wie sehr hatte ich mich darauf gefreut, das mitzuerleben! Und jetzt stellte ich fest, dass es mir nichts mehr bedeutete. Ich versuchte mir vorzustellen, ich hätte geträumt, aber das hatte ich nicht. Was geschehen war, war Wirklichkeit. Dabei wusste ich gar nicht, was eigentlich geschehen war. Vielleicht das, was Rosa mir prophezeit hatte: Ich hatte den Mond verloren. Im schwachen Licht der Nacht sah er auf meinem Poster über dem Bett fast echt aus. Aber das tröstete mich nicht.

12
Nach der Landung

Mein Vater war am Tag nach der Landung sehr gut gelaunt. Er kam abends mit Blumen aus der Firma und gratulierte meiner Mutter zur fertigen Übersetzung. Da er ihre Arbeit bis dahin von sich aus kaum je erwähnt, geschweige denn gewürdigt hatte, war das bemerkenswert. Meine Mutter nahm die Blumen aber nur mit verhaltener Freude entgegen. Sie fiel ihm nicht um den Hals, sondern bedankte sich wortkarg und ging mit dem Strauß in die Küche, um die Stiele zu kürzen.

Mein Vater war deswegen nicht verstimmt. Er wusste, dass er sie mit seinem Verhalten verletzt hatte, und erwartete wohl nicht, dass sie ihm das sofort verzeihen würde. Er war bereit, ihr Zeit zu lassen, und ging mit mir ins Wohnzimmer, um den Fernseher einzuschalten. Um sechs Uhr sollte der Start vom Mond zurück zur Erde übertragen werden. Außerdem wurden noch einmal die Aufnahmen aus der vergangenen Nacht wiederholt.

Mein Vater, der die Bilder schon kannte, sah sie sich mit mir zusammen noch einmal an. Auf dem kleinen Mond hätten die Menschen nur ein Sechstel ihres Gewichts, sagte er dabei, um mir die sonderbaren Bewegungen der Astronauten verständlich zu machen. Einmal sprang einer von ihnen in seinem schweren Raumanzug federnd und känguruartig auf die Kamera zu, dass es aussah, als wollte er aus der vorgewölbten Bildröhre heraus in unser Wohnzimmer hüpfen. Aber das geschah nicht. Es wäre vielleicht das Wunder gewesen, das wir gebraucht hätten.

Mein Vater spürte, dass mit mir etwas nicht in Ordnung war. Er führte das darauf zurück, dass ich in der vergangenen Nacht gegen meinen sehnlichsten Wunsch ins Bett geschickt worden war, und versuchte mich zu trösten, indem er mir versicherte, dass die Wartezeit bis zum Ausstieg der Astronauten sehr zäh gewesen sei. Ich sagte nichts dazu, und er beließ es dabei.

Der Start der Mondfähre zurück zum Apollo-Raumschiff erfolgte um viertel nach sechs. Wie schon am Tag zuvor war alles, was es dabei zu sehen gab, das statische Bild des Kontrollzentrums in Houston mit einem darüber eingeblendeten digitalen Countdown. Dazu hörten wir den Funkverkehr zwischen Fähre und Bodenstation. Im Hintergrund erzeugten die Triebwerke beim Aufstieg ein sonderbares Knattern, doch es war wohl alles in Ordnung. Die Rückkehr zur Erde hatte begonnen.

Ich spürte gar nicht, dass mir Tränen übers Gesicht liefen, aber irgendwann sah mein Vater mich an. Jetzt wusste er nicht mehr, was er sagen sollte. Schließlich stand er auf, kam zu mir und legte mir die Hand auf die Schulter. Aber das konnte ich erst recht nicht ertragen. Ich sprang auf und rannte aus dem Raum. In der Zimmertür stand meine Mutter, sie hatte uns beobachtet. Ich lief an ihr vorbei, sie hielt mich nicht auf.

In diesem Moment musste ihr klar geworden sein, dass es nicht möglich war, meinem Vater gegenüber etwas zu verheimlichen. Selbst wenn *sie* es gekonnt hätte – für mich wäre der Druck zu schweigen immer zu groß gewesen. Sie konnte mich damit nicht belasten, und das begriff sie in diesem Moment, als sie in der Tür stand und ich an ihr vorbeilief, das Gesicht feucht von den Tränen. Es dauerte ungefähr so lange wie der Aufenthalt der Astronauten auf dem Mond, bis mein Vater erfuhr, was in der vergangenen Nacht sonst noch geschehen war.

Irgendwann hörte ich ihn aufschreien. Mit sich überschlagender Stimme, sodass ich kein Wort verstehen konnte, wütete er gegen irgendetwas oder irgendwen. Ich hatte ihn noch nie so schreien hören. Es war ein einziger hysterischer Monolog, eine Art Wahnsinn.

Der Anfall dauert ungefähr zehn Minuten. Am Ende wurde die Wohnzimmertür aufgerissen, und kurz darauf knallte die Haustür ins Schloss. Zurück blieb eine unheimliche Stille, als gäbe es im Haus keine Luft mehr zur Übertragung von Geräuschen.

Irgendwann klopfte meine Mutter an die Zimmertür, aber ich wollte sie nicht sehen. Sie wollte mit mir reden, aber ich sagte, sie sollte weggehen. Was hätte ich sonst sagen sollen? *Es war nicht so schlimm, Mama?* Das stimmte nicht.

Irgendwann ging sie. Ich blieb allein in meinem Zimmer und starrte ins Leere. Einen Moment lang hatte ich den Wunsch, zu Rosa zu gehen, und öffnete leise die Tür, um hinauszuschleichen. Ich wollte ihr erzählen, was geschehen war, weil ich hoffte, dass mich das erleichtern würde. Doch dann wusste ich auf einmal nicht mehr, auf welcher Seite Rosa stand: auf meiner, oder auf der all jener Dinge, die geschehen waren und weiterhin geschahen und das zerstörten, was meine Welt gewesen war.

Ich hörte meine Mutter den Telefonhörer von der Gabel heben, hörte das Rotieren der Wählscheibe. Das Geräusch war so vertraut. Warum konnte nicht alles so unveränderlich sein wie dieses Geräusch.

Meine Mutter rief Frau Leinhard an. Sie sprach leise, und ich bekam nur die eine Seite des Gesprächs mit, aber der Inhalt war nicht schwer zu erraten. Wenn mein Vater es wusste, dann würde demnächst auch Herr Leinhard erfahren, was geschehen war.

In den kommenden Tagen stellte sich heraus, dass Herr Leinhard, obwohl er Kommunist war, die Dinge nicht viel anders sah als mein katholischer Vater. Beide verbrachten sie eine Woche im Hotel.

Ich erfuhr das von Rosa, die ich nach der Mondlandung noch zweimal sah. Beim ersten Mal – wir waren zum Rhein gegangen und saßen wie so oft in den vergangenen Wochen auf dem Stamm der umgestürzten Weide – erzählte ich ihr, was ich gesehen hatte. Sie war nicht überrascht und wusste es eigentlich auch schon. Weder ihre Mutter noch ihr Vater hatten mit ihr darüber gesprochen, aber klug, wie sie war, hatte sie sich das Wesentliche zusammengereimt.

Sie sagte, dass zwei Frauen sich ebenso lieben könnten wie Mann und Frau, und berief sich dabei auf die Romane aus dem Regal ihrer Eltern, die sie gelesen hatte. Und wenn sie *lieben* sage, fügte sie hinzu, dann meine sie nicht liebhaben, sondern *wirklich* lieben mit allem Drum und Dran.

Ich versuchte zu verstehen, was sie mir damit sagen wollte. War das, was unsere Mütter getan hatten, dasselbe wie das, was *wir* getan hatten? «*Es*»? Ich konnte mir das nicht vorstellen – abgesehen davon, dass ich immer noch nicht wusste, *was* wir getan hatten. Hatten wir uns geliebt? Hatten wir «es» getan?

Darüber sprachen wir nicht. Ich fragte sie nicht noch

einmal, ob es ihr gefallen und ob es sie glücklich gemacht hatte. Vielleicht fürchtete ich mich vor der Antwort. Vielleicht, so dachte ich, hatte sie mir mit dem, was geschehen war, nur einen Gefallen getan, weil ich an jenem Abend so unglücklich gewesen war. Vielleicht hatte sie mir wegen der entgangenen Bilder vom Mond Trost spenden wollen. Diese Möglichkeit bestand ja immerhin. Und je länger ich darüber nachdachte, desto wahrscheinlicher erschien sie mir. Warum sollte ich sie also fragen, was sie empfunden hatte? Ich wollte es gar nicht wissen. Ich wollte nicht erfahren, dass sie nur nett zu mir hatte sein wollen. Dass ich nur der kleine Junge für sie gewesen war.

Am Ende der Woche verabschiedeten wir uns voneinander. Rosa fuhr nach England zu einem Sprachkurs. Frau Leinhard hob den Koffer in den Volvo. Dabei bemühte sie sich, so frohgemut zu wirken wie sonst auch. Doch irgendetwas fehlte dabei. Ich hatte immer geglaubt, dass Frau Leinhard so war, wie sie auftrat. Aber seit jener Nacht wusste ich, dass das nicht stimmte. Und jetzt, obwohl sie sich gab wie immer, spürte ich das auch.

Rosa umarmte mich. Sie würde zwei Wochen fort sein. Ich umarmte sie auch, aber ich fühlte nicht viel dabei. Alles, was ich in diesen Tagen empfand, war der Schmerz über den Verlust meines bisherigen Lebens. Und das Schlimmste dabei war die Gewissheit, nichts dagegen tun zu können.

Mein Vater kehrte nicht nach Hause zurück. Er mietete eine Wohnung in der Nähe. Einmal ging er mit mir Eis essen und versuchte, mit mir darüber zu sprechen, warum er ausgezogen war. Wir setzten uns auf eine Bank am

Rhein. Es fiel ihm schwer, das Gespräch zu beginnen. Irgendwie musste er dabei ja auch auf die «körperliche Liebe zwischen Mann und Frau» kommen. Er ging dabei nicht bis ins letzte Detail, aber doch soweit, dass er die daran beteiligten Geschlechtsteile erwähnte. Für seine Verhältnisse klärte er mich auf. Er sprach von der «Vereinigung der Körper» und nannte sie etwas Schönes und Natürliches.

Danach kam er auf die Ehe zu sprechen. Für ihn hatte die körperliche Liebe dort ihren legitimen Platz, und es war ihm wichtig, dass ich dies ebenso sah. Umgekehrt jedenfalls, so sagte er, wäre es nicht möglich, verheiratet zu sein, wenn einem Ehepartner an dieser Form der Liebe zum anderen nichts gelegen sei.

Seine Erklärungen liefen darauf hinaus, dass ich in der Nacht der Mondlandung in unserem Wohnzimmer etwas Unnatürliches beobachtet hätte. Es fiel ihm schwer, die richtigen Worte dafür zu finden. Er musste mir ja erklären, dass es auch zwischen Frauen eine Art von körperlicher Anziehung geben konnte. Aber er hatte wohl Angst, mich damit zu schockieren.

Er sagte, meine Mutter sei «anders», und wollte mir vermitteln, dass er es für falsch, ja für verwerflich hielt, einer solchen «Neigung», wenn man sie denn tatsächlich verspürte, nachzugeben. Er warf meiner Mutter vor, dabei weder an mich noch an ihn gedacht zu haben, sondern nur an sich selbst.

«Wir sind nicht allein auf der Welt», sagte er. «Verstehst du, was ich dir damit sagen will?»

«Ich glaube, schon.»

Er machte eine kurze Pause und rief mir dann den Flug

von Apollo 10 in Erinnerung, bei dem es um eine Annäherung an den Mond, nicht aber um eine Landung gegangen
war. Ich wusste das noch sehr gut. Beim Wiederaufstieg
der Fähre war es zu einem schwerwiegenden Fehler gekommen, den die Astronauten in letzter Sekunde hatten
beheben können. Ohne diese Erfahrung und die anschließenden Systemkorrekturen wäre Apollo 11 wahrscheinlich gescheitert.

«Wie schwer muss es der Besatzung gefallen sein, die
Mondoberfläche derart zum Greifen nah vor sich zu sehen
und *nicht* zu landen», sagte mein Vater. «Aber das war
ihre Mission. Manchmal wird man dadurch zum Helden,
dass man etwas *nicht* tut.»

Er gab sich also wirklich Mühe, mir verständlich zu
machen, warum er nicht zu meiner Mutter zurückkehren
konnte. Was sie getan hatte, widersprach seiner Meinung
nach ihrer Lebensmission. Und sie konnte sich dabei auch
nicht darauf berufen, nur in einem *einzigen* Moment
schwach geworden zu sein.

Wie ich von Rosa erfuhr, hatte Frau Leinhard ihrem
Mann gegenüber nämlich eingeräumt, dass sie und meine
Mutter sich bei ihren regelmäßigen Zusammenkünften in
den vergangenen Wochen nicht nur zum Übersetzen getroffen hatten. Was auch immer im Einzelnen vorgefallen
war, es hatte sich dabei nicht um ein einmaliges Vorkomm-
nis gehandelt, sondern um eine Affäre – das war das Wort,
das Rosa benutzte.

Lediglich am Abend der Mondlandung war es wohl
eine spontane, durch zu viel Sekt und Ouzo befeuerte
Idee unserer Mütter gewesen, sich in ein Taxi zu setzen
und nach Hause fahren zu lassen. Die Gelegenheit war

günstig, weil sie annehmen konnten, dass ihre Männer im Gegensatz zu ihnen bis zum Ausstieg der Astronauten vor dem Fernseher ausharren würden – eine Einschätzung, mit der sie ja auch richtig gelegen hatten. Nur ich hatte auf ihrer Rechnung gefehlt.

Die Vorwürfe, die Herr Leinhard seiner Frau machte, waren weitaus komplizierter als die meines Vaters. Ohne seine Ansichten im Detail zu verstehen, merkte ich mir dennoch das eine oder andere, was Rosa mir auf dem Baumstamm am Rhein davon berichtete.

«Sie sind ja Kommunisten», sagte sie zu mir, «und deswegen ist mein Vater besonders sauer auf meine Mutter. Er findet das, was sie getan hat, *politisch* falsch. Wenn sie lesbisch ist – so heißt das, wenn zwei Frauen sich lieben –, dann hätte sie dazu stehen müssen, findet er. Und er ist der Meinung, dass sie ihn dann gar nicht erst hätte heiraten dürfen. Aber das hat sie getan, weil sie sich nicht getraut hat, für sich und ihre Gefühle zu kämpfen, was sie als Kommunistin eigentlich hätte tun müssen. Und jetzt ist mein Vater doppelt enttäuscht von ihr, weil sie ihn hintergangen hat und weil sie seinen politischen Ansprüchen nicht gerecht geworden ist. Er fühlt sich von ihr – das waren seine Worte, bevor er abgerauscht ist – nicht nur als Ehemann, sondern ganz besonders als Revolutionär betrogen.»

Ich begriff von alldem nur so viel, dass die Ansichten von Herrn Leinhard und die meines Vaters zwar sehr gegensätzlich waren, im Ergebnis allerdings auch nach der ersten Woche im Hotel zum gleichen Resultat führten: Beide wollten mit ihren Ehefrauen nichts mehr zu tun haben und zogen endgültig aus. Zuerst mein Vater und dann Herr Leinhard, den ich danach nicht wiedersehen sollte.

Nachdem Rosa abgereist war, blieb Frau Leinhard noch eine Woche, dann verschwand auch sie, und das Haus der Leinhards stand für einige Wochen leer. Irgendwann fuhr ein Möbelwagen vor, und vier kräftige Männer begannen damit, die Zimmer auszuräumen. Ich sah dabei zu, wie Rosas Lesesessel und ihre kleine abgewetzte Couch, auf der ich so oft gesessen und mit ihr Doors gehört hatte, aus dem Haus getragen wurden. *Waiting for the sun*. Inzwischen stand der Herbst vor der Tür.

Meine Mutter wusste nicht, wo die Leinhards waren, jedenfalls behauptete sie das mir gegenüber. Als ich sie danach fragte, schüttelte sie den Kopf und sagte, Frau Leinhard habe ihre Abreise nicht angekündigt. Weiter ging sie nicht darauf ein. Ich war mir aber nicht sicher, ob sie mir die Wahrheit sagte. Wenn ich das alles richtig verstanden hatte, hatten sie und Frau Leinhard sich ja geliebt. Konnte es da sein, dass Frau Leinhard ohne jedes Lebewohl gegangen war? Ich sollte es nie erfahren.

Es war vorbei, und ich fühlte mich schuldig, dass alles so gekommen war. Wenn ich mich nicht in unser Haus geschlichen hätte, um die Astronauten auf dem Mond zu sehen, hätte niemand etwas von meiner Mutter und Frau Leinhard erfahren. Und wenn ich mich am Abend danach, als ich mit meinem Vater vor dem Fernseher saß, hätte beherrschen können und nicht weinend aus dem Zimmer gerannt wäre – auch dann wäre vielleicht alles geblieben, wie es immer gewesen war. Stattdessen würde es nie wieder so sein. Ich fühlte mich schuldig, und ich war mit dieser Schuld allein.

In den ersten Wochen nach der Trennung meiner Eltern sah es so aus, als würde meine Mutter mit der Situation zurechtkommen. Sie war entschlossen, ihr Leben zu meistern. Und das Erste, was sie dazu brauchte, war eine Arbeitsstelle. Mein Vater unterstützte sie zwar finanziell – wobei es ihm wohl mehr um mich und mein Wohlergehen ging –, aber meine Mutter wollte nicht von ihm abhängig sein.

In dieser Situation wandte sie sich an Onkel Hartmut. Sein Bauunternehmen war groß und lief blendend, und sie hoffte darauf, dass sich dort für sie ein Platz finden würde. Sie nahm mich mit, als sie zu ihm fuhr.

Ich sollte mich vor den großen Farbfernseher setzen und mir irgendetwas ansehen. Das machte ich, doch dann schlich ich mich in den Flur und drückte mich neben der Tür des Arbeitszimmers an die Wand. Ich wollte wissen, was geschah, und es nicht nur irgendwann mitgeteilt bekommen.

Und so erfuhr ich, dass Onkel Hartmut meine Mutter nicht einstellen wollte. Stattdessen warf er ihr vor, ihn mit ihrer Bitte als Familienmitglied in eine schwierige Lage zu bringen. In seinem Betrieb hatte sich – wie und durch wen auch immer – in den vergangenen Wochen herumgesprochen, «was für eine» sie war. Als Unternehmer, so führte Onkel Hartmut aus, müsse für ihn aber bei allen Entscheidungen das Betriebswohl im Vordergrund stehen. Fortwährendes Gerede und Getuschel könne er sich nicht leisten. Und außerdem sah er seine Integrität als Chef in Gefahr, wenn er eine Frau mit einem «solchen Leumund» aus rein familiären Gründen einstellen würde.

Er war aber auch, wie er noch hinzufügte, persönlich

von ihr enttäuscht. Selbst für ihn als «Rheinländer und Frohnatur» gab es Grenzen – und die, so erklärte er, hatte meine Mutter mit ihrem Verhalten überschritten.

In diesem Punkt schloss sich ihm auch Tante Mechthild an. Sie war sogar besonders kalt und abweisend, als wir gingen. Onkel Hartmut stand neben ihr und gab uns zum Abschied förmlich die Hand. Er strich mir dabei nicht über den Kopf, wie er es sonst oft tat. Und kaum dass wir draußen waren, fiel die Haustür hinter uns ins Schloss.

Am Abend kam meine Mutter in mein Zimmer.

«Redest du mit mir?», fragte sie.

Ich sah sie nicht an und zuckte mit den Schultern.

Sie setzte sich. «Tobi, ich weiß, dass ich dir sehr wehgetan habe, und das tut mir unendlich leid. Ich würde es dir so gerne erklären, aber ich weiß nicht, ob du das schon verstehen kannst.»

«Du liebst Frauen», sagte ich schroff.

Sie blieb ruhig. «Eigentlich weiß ich es selbst nicht. Aber vielleicht ist es so. Ich kann es dir nicht erklären.»

«Du hast alles kaputt gemacht.»

«Nein, Tobi, das stimmt nicht.» Sie versuchte, mich anzusehen, aber ich wich ihrem Blick aus. «Es fällt mir schwer zu dem zu stehen, was ich getan habe – aber ich glaube, dass ich das muss. Ich habe viel falsch gemacht. Die Heimlichkeit, die Angst vor den Konsequenzen. Aber ich bin nicht die, die etwas zerstört.»

«Wer denn sonst!?»

Ich fing an zu weinen. Ich warf ihr alles vor, was mir einfiel: Dass sie sich nicht mehr um mich gekümmert hatte, weil ihr die Übersetzung des Romans wichtiger gewesen war. Dass ich keine Geschwister hatte, weil sie mei-

nen Vater immer zurückgewiesen hatte. Und dass er weg-
gegangen war und sich von ihr scheiden lassen wollte,
weil sie Frauen liebte.

Sie gab mir in einem Punkt recht. «Ja, Tobi. Nicht *ich*
will die Scheidung, sondern dein Vater.»

«Weil du ihn nicht liebst.»

«Das stimmt nicht», sagte sie. «Liebe ist nicht nur das,
was in einem Schlafzimmer geschieht. Ich liebe deinen
Vater, sonst hätte ich ihn nicht geheiratet. Und ich liebe
dich. Ich liebe dich über alles. Und deswegen möchte ich,
dass wir eine Familie bleiben. Aber dein Vater möchte das
nicht. Er möchte uns auseinanderreißen. Dich und mich.
Er sagt, mit meiner Veranlagung, wie er es nennt, kann
ich nicht deine Mutter sein. Er will dich mir wegnehmen.
Er will mir damit wehtun.»

Ich tat so, als sei mir das egal. Vielleicht war es das auch.

«Du hast ihm doch auch wehgetan.»

«Wir haben uns gegenseitig wehgetan.»

«Was hat er dir denn getan?»

«Ist das so wichtig?»

«Sag es mir. Womit hat er dir wehgetan?»

Sie schwieg. Was hätte sie auch sagen sollen? Mein Vater hatte sie nicht geschlagen, hatte sie nicht herabgewür-
digt, gedemütigt oder vor anderen bloßgestellt. Er hatte
ihr alles gegeben, von dem er glaubte, dass ein Mann es
einer Frau geben musste: ein Zuhause, Wohlstand, Sicherheit. In seinen Augen hatte er alles richtig gemacht, in
seinen Augen war er ein guter oder jedenfalls ein anstän-
diger Mensch. Und das war er ja auch, etwas anderes
konnte auch meine Mutter nicht behaupten.

Die Schmerzen, unter denen sie gelitten hatte, konnte

sie mir nicht vermitteln. Ich wusste nicht, was es bedeutete, «anders» zu sein. Ich war wie meine Freunde und wollte es auch sein. Ich konnte mir nicht vorstellen, wie es war, in einer Welt leben zu müssen, die einen so, wie man war, nicht haben wollte. Und ich glaube, mein Vater konnte es auch nicht. Auch er war so wie seine Freunde und Arbeitskollegen und wollte es sein. Er verstand meine Mutter und ihre Empfindungen nicht, ihre Schmerzen waren ihm ebenso fremd wie mir. Konnte sie ihm dafür die Schuld geben? Sie wusste es wohl selbst nicht.

«Tobi», sagte sie, «ich verstehe, dass du wütend auf mich bist. Und ich will auch nicht, dass du so tust, als wäre nichts geschehen. Deswegen versuche ich ja, mit dir über alles zu sprechen und dir jede Frage zu beantworten, wenn ich es denn überhaupt kann. Und ich verstehe auch, dass du Zeit brauchst, um mir vielleicht irgendwann zu verzeihen. Aber eines weiß ich mit Sicherheit: Niemand darf uns auseinanderreißen. Hörst du, das dürfen wir nicht zulassen. Wir gehören zusammen.»

Auf einmal spürte ich, wie verletzlich sie war. Sie hatte wirklich Angst davor, mich zu verlieren, und konnte sich nichts Schlimmeres vorstellen als das. In diesem Moment begriff ich, welche Macht ich über sie besaß. Ich sah, dass ich ihr wehtun konnte, so wie sie mir wehgetan hatte. Und das wollte ich. Ich wollte sie nicht verlassen, aber ich wollte ihr wehtun.

«Papa versteht mich», sagte ich. «Er versteht mich viel besser als du. Er findet dieselben Dinge spannend wie ich, und er ist stolz auf mich. Ich will viel lieber bei ihm wohnen als bei dir.»

«Ich liebe dich auch, Tobi.»

«Aber ich dich nicht!», rief ich. «Du sagst das nur, damit ich hierbleibe. Wenn du mich wirklich lieben würdest, dann hättest du das alles nicht gemacht. Ich will nicht bei dir bleiben. Ich will zu Papa. Ich fahre jetzt zu ihm!»

Ich lief aus dem Zimmer und aus dem Haus. In der Einfahrt stand mein Fahrrad, und ich fuhr los. Der Himmel war dunkelgrau, fast schwarz. Ein Platzregen krachte los und prasselte auf meine Haare, meine Schultern und meinen Rücken. Mein Pullover kam mir in Sekundenschnelle schwerer vor, als ich selbst es war. Aber wenigstens konnte jetzt keiner, dem ich begegnen würde, mehr sehen, wie sehr ich weinte.

Mein Vater fand mich, als er abends aus der Firma kam, nass und durchfroren auf der Treppe vor seiner neuen Wohnung. Er hob mich hoch und umarmte mich. Die Feuchtigkeit mit ihrem Straßenschmutz hinterließ graue Flecken auf seinem Hemd und seinem Anzug, aber das war ihm egal.

Ich klammerte mich an ihn, und er trug mich hoch wie ein Kleinkind. Im Bad stellte er mich unter die Dusche, und ich konnte alles vergessen in diesen Minuten, in denen das warme Wasser an mir hinablief und ich wusste, dass ich bei meinem Vater war.

Als ich mich abtrocknete, hörte ich ihn telefonieren. Er sprach mit meiner Mutter und machte ihr heftige Vorwürfe. Er schilderte ihr, in welchem Zustand er mich vorgefunden hatte. Er warf ihr vor, als Frau und als Mutter auf ganzer Linie versagt zu haben. Und er war davon überzeugt, damit recht zu haben.

Er teilte meiner Mutter kategorisch mit, dass er mich

dabehalten werde. Er war der Meinung, dass er das irgendwie hinbekommen würde. Und dann sagte er etwas, das
mir sehr wichtig war: dass ich kein kleines Kind mehr sei.
Und wenn die Scheidung vor Gericht lande, werde man ja
sehen, wer das Sorgerecht bekomme: er oder oder die les-
bische Mutter.

Ich würde also bei ihm bleiben. Ich war glücklich.

13
Rosetta

Meine Mutter nahm E605. Das Insektizid lag in seiner Ladenverpackung – einer mit dem Handelsnamen *E605 forte* sowie verschiedenen Warnhinweisen und einem Totenkopf versehenen Pappschachtel – in unserer Garage bei den Pflanzenschutz- und Düngemitteln. Mein Vater hatte das Gift im Frühjahr zum Spritzen der Obstbäume im Garten benutzt und nicht aufgebraucht.

E605, so erfuhren wir später vom zuständigen Gerichtsmediziner, verursachte einen schnellen, aber qualvollen Tod. Es wurde im Jahr 2002 in der Europäischen Union verboten, aber damals, 1969, machte sich niemand Gedanken darüber, wie sinnvoll es war, mit tödlichen Giften gegen Läuse und Käfer vorzugehen. Es war so selbstverständlich, dass mein Vater es noch nicht einmal für nötig hielt, die Schachtel für mich unzugänglich aufzubewahren. Aber auch das hätte ja nichts geändert.

Meine Mutter war tot, und ich wünschte mir nichts sehnlicher, als jenen Nachmittag, als sie zu mir gekommen war, um mit mir zu sprechen, rückgängig machen zu können. Ich wünschte mir, ich wäre bei ihr geblieben, aber das war ich nicht.

Sie wurde zwei Tage nach unserem Streit aufgefunden. Mein Vater versuchte, sie am Tag danach anzurufen, aber sie ging nicht ans Telefon. Zunächst machte er sich keine Gedanken darüber, aber als sie auch am nächsten Tag nicht zu erreichen war, ging er der Sache nach.

Er fand sie tot im Wohnzimmer. Sie war so angezogen,

wie ich sie verlassen hatte. Das musste ich bestätigen, als ich von der Polizei vernommen wurde. Ich war der Letzte gewesen, der sie lebend gesehen hatte, und meine Befragung war aus Sicht der Polizei reine Routine. Mein Vater war dabei anwesend, aber kein Kinderpsychologe. Ich musste mit alldem selbst klarkommen.

Da es kein Abschiedsschreiben oder andere Hinweise auf den Grund für ihren Suizid gab, wurde mein Vater dazu befragt. Dass er und meine Mutter seit einiger Zeit nicht mehr zusammenlebten, war dem ermittelnden Beamten aufgrund der Einträge im Melderegister bekannt. Er erkundigte sich, ob es zwischen ihm und meiner Mutter Probleme gegeben habe.

Mein Vater bestätigte, dass sie seit dem Sommer getrennt lebten, und gab als Grund dafür eine zunehmende Entfremdung in der Ehe an. Der Beamte nahm es auf und wandte sich dazu auch noch einmal an mich. Er wollte wissen, ob meine Eltern sich in letzter Zeit denn häufig gestritten hätten, und ich nickte. Das war nicht gelogen. Es war auch nicht die Wahrheit, aber wem hätte die Wahrheit geholfen?

Die Untersuchung der näheren Umstände ergab, dass es keine Fremdeinwirkung bei dem Tod meiner Mutter gegeben hatte, und irgendwann wurden die Ermittlungen eingestellt und der Fall offiziell abgeschlossen. Mein Vater wurde in einem Schreiben der Staatsanwaltschaft darüber informiert. Als wahrscheinlicher Grund für den Freitod meiner Mutter wurden die Trennung meiner Eltern und das Scheitern ihrer Ehe angenommen.

Meine Mutter bekam außer gelegentlichen Urlaubsgrüßen nicht sehr häufig Post, und mein Vater ließ sich die wenigen Briefe nach ihrem Tod an seine neue Adresse nachsenden. Irgendwann erreichte ihn auf diesem Weg ein Schreiben des Verlags, für den meine Mutter den amerikanischen Kriminalroman übersetzt hatte.

Man fragte höflichst nach, wo das Manuskript denn bleibe und ob man – wie vertraglich vereinbart – im November damit rechnen dürfe? Daher machten mein Vater und ich uns danach auf die Suche. Es war Herbst, und das Haus war kalt. Über meinem Bett hing noch das Mondplakat, ich hatte es nicht mitgenommen. nur die Rakete, aber zerlegt in einer Kiste, in der sie immer noch lag. Ich wollte vom Mond nichts mehr wissen. Und wenn ich doch an ihn dachte, lenkte ich meine Gedanken in eine andere Richtung.

Wir fanden das Manuskript meiner Mutter weder im von ihr als Arbeitszimmer genutzten Gästezimmer, noch an irgendeiner anderen Stelle im Haus. Ich suchte auch in der Garage und im Garten, was mein Vater unnötig fand, weil man Papier, wie er mir erklärte, niemals im Freien aufbewahren würde. Ich behielt aber recht. Ich fand die Reste des Manuskripts im Grill, der noch unter der Überdachung für die Gartenmöbel stand.

Meine Mutter hatte ihre Übersetzung verbrannt. Sie hatte den Papierstapel vermutlich mit Spiritus übergossen und angezündet. Manche Seiten waren nicht vollständig vom Feuer erfasst worden, und hier und da war auf den gebräunten Blättern noch etwas lesbar, unter anderem der Titel: *Mädchen sind so.*

Mein Vater unterrichtete den Verlag vom Tod meiner Mutter und gab an, das Manuskript sei nicht auffindbar. Man bedauerte das sehr. Der Roman erschien dennoch etwa ein Jahr später, wie ich irgendwann herausfand, unter ebenjenem Titel: *Mädchen sind so*. Meine Mutter musste ihn dem Verlag vorab mitgeteilt haben – oder auch Frau Leinhard, das weiß ich nicht. Ich bin froh, dass dieser winzige Splitter von ihrer Tätigkeit als Übersetzerin erhalten geblieben ist.

Nach drei Jahren heiratete mein Vater seine zweite Frau, mit der er bis zu seinem Tod zusammen blieb. Das Haus meiner Kindheit verkaufte er und baute stattdessen ein neues. Es gefiel mir, mein Zimmer war größer, aber ich lebte darin als Jugendlicher, und das war etwas anderes. Die Dinge verblassen, wenn wir sie nicht mehr sehen, aber mein erstes Kinderzimmer mit dem Raketenmodell, dem Mondposter und dem Weltempfänger habe ich bis heute viel deutlicher vor Augen als jenes zweite. Etwas von mir ist darin zurückgeblieben.

Irgendwann flammte meine Liebe zur Raumfahrt wieder auf. Sie war zu sehr ein Teil von mir, um durch das, was geschehen war, ganz ausgelöscht zu werden. Ich studierte Astrophysik und ging schließlich zur ESA, der Europäischen Raumfahrtagentur. Dort habe ich in den vergangenen zwanzig Jahren an der Planung, Entwicklung und Durchführung der Rosetta-Mission mitgearbeitet, dem bisher anspruchsvollsten Raumfahrtunternehmen Europas. Rosetta, eine drei Tonnen schwere Raumsonde, sollte einen Kometen mit dem komplizierten Namen 67P/Tschurjumow-Gerassimenko anfliegen. Wir nannten ihn meistens Tschuri.

Der Flug dorthin würde mehr als zehn Jahre dauern und die Flugbahn sich so weit von der Sonne entfernen, dass Rosetta zwischenzeitlich in eine Art Kälteschlaf versetzt werden musste. Zwei Jahre lang hatten wir keinen Kontakt zu unserer Sonde. Ohne jede Verbindung zur Erde flog sie durch die Tiefen des Sonnensystems, und alles, was wir bei der ESA in dieser Zeit für die Mission tun konnten, war zu hoffen, dass Rosetta sich danach am vorausberechneten Aufwachpunkt in der Nähe der Jupiterbahn einfinden und von dort aus melden würde.

Die Vorbereitung und Koordination der entscheidenden Missionsphasen geschah im ESOC, dem ESA-Kontrollzentrum in Darmstadt – dem Rosetta-Houston, wenn man so will. Man konnte die Spannung dort mit Händen greifen, als sich im Januar 2014 unser gesamtes Team im Kontrollraum einfand und alle darauf warteten, dass Rosetta sich nach ihrem zweieinhalbjährigen, einsamen, sonnenfernen Flug zurückmeldete.

Irgendwo dort draußen in einer Entfernung von 660 Millionen Kilometern sollte unser Geschöpf aus seinem langen Weltraumschlaf erwachen und ein Lebenszeichen von sich geben. Wir hielten den Atem an und starrten zum vorgegebenen Zeitpunkt auf den zentralen Missionsmonitor, auf dem mehr als zwei Jahre lang nur eine Art Flatline zu sehen gewesen war. Und als sich plötzlich ein scharfer Peak darauf abzeichnete – das Trägersignal von Rosettas Kommunikationsfrequenz –, jubelten wir Wissenschaftler wie Kinder. Alle waren wir an diesem Tag sehr glücklich.

Wie die Amerikaner mit der Mondfähre, so hatte auch Rosetta eine Landeeinheit an Bord: Philae. Rosetta sollte sie über dem Kometen abwerfen und zu Boden fallen lassen – wobei das Wort fallen, obgleich physikalisch korrekt, wohl eine falsche Vorstellung von Philaes Sinkflug vermittelt. Tschuris Schwerkraft beträgt nur etwa ein Hunderttausendstel von jener auf der Erde. Man könnte aus zwanzig Kilometern Höhe auf den Kometen hinunterspringen und die Landung problemlos mit den Beinen abfedern. Die Gefahr wäre nicht, am Boden zu zerschmettern, sondern aufgrund der unvermeidlichen Rückfederung gleich wieder davonzufliegen.

Deswegen verfügte Philae über ein paar Vorrichtungen, um sich nach der Landung umgehend in den Kometenboden zu krallen: ein paar harpunenartige Ankergeschosse und kleine Bohrer an ihren Füßen, die sich bei Bodenkontakt in das Eis auf dem Kometen – wir vermuteten, dass die Oberfläche mit Eis bedeckt sein würde – schrauben sollten.

Am schwierigsten war die Auswahl eines geeigneten Landeplatzes. Schon auf dem Mond war das für die Amerikaner nicht leicht gewesen, aber auf Tschuri war es die Hölle. Die Oberfläche des Kometen war nicht flach und nur mit leichtem Geröll bedeckt wie jene bei der Landung im *Meer der Ruhe* auf dem Mond, sondern eine vollkommen unregelmäßig geformte, mit Rissen, Abhängen und Kliffs übersäte Katastrophe.

Nächtelang brüteten wir über den Fotos, die Rosetta von Tschuris Oberfläche geschossen hatte, um dort so etwas wie eine Ebene ausfindig zu machen, die groß genug war, um Philae darüber mit hinreichender Zielgenauigkeit abwerfen zu können. Wir durften uns nicht den geringsten Fehler leisten, denn im Gegensatz zur Mondlandung saß niemand an Bord von Philae, der im letzten Moment korrigierend hätte eingreifen können.

In diesen Tagen im September 2014 stieß ich mehr

durch Zufall als durch gezielte Aufmerksamkeit auf die Ankündigung einer Lesung auf der Frankfurter Buchmesse. Es lag am Namen der Autorin, dass mein Blick an dem Plakat hängen blieb: Rosa Leinhard.

Ich habe nie ein ausgeprägtes Interesse an Romanen entwickelt. Aus beruflichen Gründen lese ich Fachliteratur und wissenschaftliche Artikel, und in meiner Freizeit – die es eigentlich kaum gibt – halte ich mich am liebsten in der Natur auf und staune über die grandiose Schönheit und Formenvielfalt der Welt, in der wir leben.

Daher war ich in meinen Darmstädter Jahren nie auf der Frankfurter Buchmesse, was ja – zumindest räumlich – nahegelegen hätte. Doch als ich die Ankündigung von Rosas Lesung sah, war mir klar, dass ich in diesem Jahr erstmals hingehen würde.

Ich bin nie auf die Idee gekommen, Rosa im Internet zu suchen – und das nicht, weil ich es mir aus irgendwelchen Gründen nicht gestattet hätte oder ich solche Recherchen nach einstigen Freunden oder Weggefährten prinzipiell ablehnen würde, sondern aus dem schlichten Grund, dass ich seit dreißig Jahren oder noch länger kaum mehr an Rosa gedacht hatte.

Doch nun, da ich es tat, stellte ich fest, dass es im Internet eine Menge Informationen über sie gab. Sie hatte fünf oder sechs Romane geschrieben und war ganz offensichtlich eine feste Größe im deutschsprachigen Literaturbetrieb. Hätte ich mich jemals für Bücher interessiert, wäre ich recht sicher schon früher auf ihren Namen gestoßen.

Besonders spannend war für mich ihre Biografie, die – kurz, aber von den Daten her offenbar vollständig – auf

Wikipedia nachzulesen war. Demnach hatte sie ihre Jugend in England verbracht, wo ihr Vater, Professor Wolfgang Leinhard, an der Oxford Brookes Universität gelehrt hatte. Damit war ich offenbar auf die Lösung eines Rätsels gestoßen, nach der ich schon Ewigkeiten nicht mehr gesucht hatte.

Herr Leinhard musste jenen Ruf nach England, von dem er uns einmal erzählt hatte, nach den Ereignissen im Juli '69 doch noch angenommen und seine Zelte in Deutschland mehr oder weniger über Nacht abgebrochen haben. Vielleicht – das ließ sich auf diesem Wege allerdings nicht klären – hatte er sich ja auch nicht, wie mein Vater, von seiner Frau getrennt, sondern sie mitgenommen, um mit ihr und Rosa in England von vorne anzufangen. Und je länger ich darüber nachdachte, umso wahrscheinlicher kam mir diese Variante vor.

Rosa las in einem Veranstaltungszelt auf dem Frankfurter Messegelände. Dass ich um ein Uhr mittags (nachts wäre nicht weiter auffällig gewesen) das ESOC verließ, war derart ungewöhnlich, dass ein paar meiner Kollegen mich ernsthaft fragten, ob ich mich nicht wohlfühlte. Ich schob einen langweiligen, aber unumgänglichen Termin vor und machte mich auf den Weg.

Das Lesezelt erwies sich als stimmungsvoller Bühnenraum mit Holzfußboden, Zuhörerlogen und Bistrotischen. Ich setzte mich mit einer Tasse Kaffee in eine der Logen und versuchte die Bilder, die ich von Rosa im Kopf hatte, mit der Frau zur Deckung zu bringen, die kurz darauf, und nachdem jemand sie als eine der wichtigsten Stimmen der deutschsprachigen Gegenwartsliteratur angekündigt hatte, auf die Bühne kam.

Ihr Gesicht war schmaler geworden und aus ihrem ehemaligen Pagenschnitt ein gestufter, mit grauen Strähnen durchsetzter Kurzhaarschnitt. Um ihre Augen mit meiner Erinnerung zu vergleichen, saß ich zu weit von ihr entfernt. Mit geschlitzter Jeans und fuchsbrauner Retro-Wildleder-Fransenjacke, die auch aus dem *Summer-of-love*-Kleiderschrank ihrer Mutter hätte stammen können, war sie vielleicht etwas zu jugendlich gekleidet, womit ich nicht sagen will, dass ihr die Sachen nicht standen. Sie war schlank. Alles in allem war sie mir fremd.

Als sie anfing zu lesen, schloss ich die Augen. Und dann auf einmal, in der Dunkelheit hinter meinen Lidern, sah ich sie wieder. Etwas in ihrer Stimme überbrückte die Zeit. Auf einmal sah ich das Mädchen vor mir, das mir vor mehr als vierzig Jahren den ersten Absatz aus der *Geschichte der O* vorgelesen hatte, und ich war wieder in ihrem Zimmer.

Rosa sprach sehr routiniert und freundlich mit dem Publikum. In ihrem Buch zeichnete sie das bissige Porträt einer Clique aus wohlhabenden Großstädtern, denen es an nichts mangelte, außer an einem einleuchtenden Sinn für ihr Leben. Und so suchte sich jeder etwas, das dieses Vakuum kaschierte: Luxus, Esoterik, Extremsportarten, Meditation, Drogen oder Sex. Rosa scheute sich nicht vorzulesen, was in den Betten ihrer Protagonisten – und an anderen, ausgefalleneren oder auch ausgefeilteren Orten – geschah.

Unwillkürlich fragte ich mich, wie viel davon Realität sein mochte, aber ob sie indirekt auch über sich schrieb, ging aus der Lesung nicht hervor. Vermutlich war ich der Einzige im Raum, der etwas über ihre Sexualität wusste, aber das beantwortete die Frage nicht, denn Kinder kamen in ihrem Roman nicht vor.

Sie bekam viel Applaus. Anschließend bildete sich eine Schlange am Signiertisch. Ich kaufte ihr Buch und reihte mich ein. Mein Gesicht ist im Laufe der Jahre kantiger geworden, die Haare spärlicher, und ich trage eine Brille. Es war nahezu ausgeschlossen, dass Rosa mich ohne einen Hinweis darauf, wer ich war, nach so langer Zeit wiedererkennen würde.

Mir gingen all die Fragen durch den Kopf, die ich ihr hätte stellen können. Hatte sie jemals vom Schicksal meiner Mutter erfahren? Waren ihre Eltern zusammen geblieben? Hatte sie mich vermisst? Sie hätte mir aus England schreiben können, es aber nie getan. Hatte ich ihr überhaupt irgendetwas bedeutet? Wer oder was war ich für sie gewesen? Wirklich eine Jugendliebe? Oder doch nur ein Zeitvertreib, ein Spielzeug, ein – ich bin Physiker – Experiment?

Als ich in der Schlange ihrer Leser stand und darauf wartete, an die Reihe zu kommen, gingen mir diese Fragen durch den Kopf, aber musste irgendeine davon nach all den Jahren noch zwingend beantwortet werden?

Rosa hatte hauptsächlich Leserinnen, ich war einer der wenigen Männer in der Schlange. Etwas befangen oder vielleicht sogar nervös war ich doch, als ich ihr gegenübertrat. Sie streckte den Arm aus, um das Buch entgegenzunehmen, und schlug es auf.

«Ist das Buch für jemanden?», fragte sie.

«Wie meinen Sie das?» Ich wusste nicht genau, was sie als Antwort erwartete, aber sie half mir.

«Hätten Sie gerne eine persönliche Widmung?»

Ich dachte einen Moment darüber nach und nickte dann.

«Ja.»

«Und für wen?»

«Für Rosetta.»

Sie nahm ihren Stift.

«Ein schöner Name.»

«Ganz ähnlich wie Ihrer.»

«Meine Eltern haben Rosa Luxemburg verehrt», verriet sie mir lächelnd und begann zu schreiben. «Ich hätte also eigentlich eine Revolutionärin werden sollen.»

«Rosetta ist ein Stein mit einer antiken Inschrift», sagte ich. «Durch ihre Hieroglyphen wurde das Geheimnis der altägyptischen Sprache gelüftet.»

«Wow!», sagte sie. «Das ist ja *auch* eine Verpflichtung. Ist sie eine Freundin? Eine Bekannte? Das geht mich natürlich nichts an.»

«Mein Kind», sagte ich.

Sie nickte und schrieb die Widmung: *Für Rosetta, herzlich, Rosa Leinhard*. Dann klappte sie das Buch zu.

«Ich hoffe, es gefällt Ihrer Tochter.»

«Sie blicken sehr schonungslos auf Menschen», sagte ich.

«Ist das eine Kritik oder ein Kompliment?»

«Ich bin Naturwissenschaftler», sagte ich. «Ich denke, man sollte die Dinge sehen, wie sie sind.»

«Naturwissenschaftler ...» Sie sah mich einen Moment aufmerksamer an. «Die kommen nicht so häufig zu Lesungen.»

«Manchmal aber doch», sagte ich.

Sie erkannte mich nicht. «Umso besser.»

Sie reichte mir das Buch, und ich nahm es entgegen.

«Danke für die Widmung.»

«Gerne.»

Am Abend rief ich auf Youtube den Mondspaziergang von Armstrong und Aldrin auf. Es erstaunt mich jedes Mal wieder aufs Neue, wie unscharf, schemenhaft und von geisterhaften Nach- und Doppelbildern überlagert die Aufnahmen mit der Mondfähre im Hintergrund sind, die damals die ganze Welt in Atem gehalten haben. Und doch bin ich von ihnen immer wieder fasziniert, auch heute noch.

Ich sah einen der beiden Astronauten wieder wie ein Känguru auf die Kamera zuhüpfen. Und ich sah mir wieder an, wie beide Mühe hatten, die amerikanische Flagge im Mondboden aufzustellen und zu verankern – Bilder, die ich in jener Nacht nicht gesehen hatte, weil unsere Eltern uns ins Bett geschickt hatten.

Der Schmerz darüber, dass ich es war, der damals alles ins Rollen gebracht hat, ist mit der Zeit verblasst, aber ganz verheilt ist er nie. Natürlich weiß ich heute, dass mich im moralischen Sinne keine Schuld trifft, aber das macht es nicht leichter. Am schmerzhaftesten war es, dass ich mich bei meiner Mutter nie entschuldigen konnte. Ich stelle mich heute noch manchmal an ihr Grab und tue es.

Wären unsere Leben – Rosas und meines – anders verlaufen, wenn ich in Rosas Schlafzimmer geblieben wäre? Natürlich habe ich mich das eine Zeit lang gefragt, aber wie alle Was-wäre-wenn-Fragen ist auch diese am Ende müßig. Ich glaube lediglich, dass es in einem Punkt nichts geändert hätte. Wahrscheinlich wäre Rosa in jedem Fall Schriftstellerin geworden und ich der Astrophysiker, der ich heute bin. Wenn ich es mir genau überlege, dann würde ich sogar sagen: Wir waren es ja damals schon.

Am 12. November morgens koppelten wir Philae in zwanzig Kilometern Höhe über Tschuri von Rosetta ab. Die kleine weit gereiste Landeeinheit sank dem Kometen lautlos entgegen und setzte rund sieben Stunden später – so lange dauerte der freie Fall – auf seiner Oberfläche auf.

Leider war es keine weiche Landung. Die Verankerung der Sonde im Kometenboden schlug fehl. Philae prallte zurück in den Weltraum, wurde erneut angezogen, setzte zwei Stunden später noch einmal – und kurz darauf ein letztes Mal auf dem Kometen auf. Doch statt aufrecht auf ihren drei Füßen, landete sie vermutlich – sehen konnten wir es ja nicht – schräg an einem schattigen Hang, sodass ihre Solarzellen nicht genügend Sonnenlicht bekamen. Nach etwas mehr als zwei Tagen schaltete die Sonde sich aus Strommangel ab.

Auch wenn unserer Mission damit der krönende Abschluss versagt blieb, war sie dennoch ein großartiger Erfolg. Erstmals war es einem von Menschenhand geschaffenen Objekt gelungen, zu einem Kometen zu reisen und auf diesem zu landen. Und die Daten, die dabei gewonnen wurden, sind für die Erforschung des Sonnensystem und der Ursprünge des Lebens auf der Erde von unschätzbarer Bedeutung.

Nach dem Ende der Rosetta-Mission hatte ich mehr Zeit und machte mich daran, Rosas Romane zu lesen. Natürlich war ich neugierig, ob jene Tage im Sommer 1969 in ihrem Werk eine Spur hinterlassen hatten. Ich war mir nicht sicher, ob ich das aus Eitelkeit wünschen – ich wäre immerhin zu einer literarischen Figur geworden – oder aus Respekt vor dem Schicksal meiner Mutter unstatthaft finden sollte. Da ich aber nicht wusste, ob Rosa von dem Suizid meiner Mutter überhaupt Kenntnis hatte, blieb die Frage theoretisch. Falls nicht – was ich annahm –, wäre sie, was das Ende der Geschichte anging, als Autorin frei gewesen.

In jedem ihrer Romane spielte Sex eine wichtige Rolle – mich fand ich aber nicht wieder. Im Gegenteil: Alle ihre Figuren waren Verlorene auf der vergeblichen Suche nach einem Sinn für ihr Leben. Ich dagegen hatte nie den geringsten Zweifel daran gehabt, dass es sinnvoll war, zwanzig Jahre lang von morgens bis tief in die Nacht hinein daran zu arbeiten, eine kleine Sonde auf einem mehrere Hundert Millionen Kilometer entfernten bizarren Himmelskörper abzusetzen, um ein paar Geheimnisse des Universums zu lüften.

Am 30. September 2016 ließen wir Rosetta gezielt auf die Kometenoberfläche stürzen. Der Zusammenstoß lieferte uns letzte wertvolle Daten. Um 13:19 Uhr brach das Funksignal ab und signalisierte uns damit das Ende der Mission. Seitdem kreist Tschuri wieder ohne Begleiter auf seiner weit geschwungenen Bahn zwischen Jupiter und Sonne.

Physikalisch ist es gut möglich, dass ihn das Zusammenspiel der Gravitationskräfte dieser beiden Riesen irgendwann aus dem Sonnensystem hinausschleudern wird. Dann wird Tschuri für immer in die Endlosigkeit des Weltalls eintauchen und die Überreste von Rosetta und Philae mit sich nehmen, ohne je zurückzukehren.

Es ist meine Geschichte, die er mitnehmen wird. Vielleicht ist es gut, dass wir dem Universum gleichgültig sind. Aus irgendeinem Grund habe ich die Geschichte jenes Sommers dennoch aufgeschrieben. Ein paar Wochen lang wurde meine Mutter in meinen Gedanken wieder lebendig. Ich habe das Manuskript in einen Umschlag gesteckt und an Rosa adressiert. Ich nehme an, dass ihr Verlag den Brief an sie weiterleitet. Morgen werde ich ihn abschicken.

Literatur bei C.H.Beck

Jochen Schmidt
Ein Auftrag für Otto Kwant. Roman
288 Seiten. München 2019

Stefan von der Lahr
Hochamt in Neapel. Kriminalroman
368 Seiten. München 2019

Preti Taneja
Wir, die wir jung sind. Roman
Aus dem Englischen von Claudia Wenner
624 Seiten. München 2019

José Eduardo Agualusa
Die Gesellschaft der unfreiwilligen Träumer. Roman
Aus dem Portugiesischen von Michael Kegler
300 Seiten. München 2019

Ariana Harwicz
Stirb doch, Liebling. Roman
Aus dem Spanischen von Dagmar Floetz
160 Seiten. München 2019

Roy Jacobsen
Die Unsichtbaren. Eine Insel-Saga. Trilogie
Aus dem Norwegischen von Gabriele Haefs und
Andreas Brunstermann
672 Seiten. München 2019

Matt Rees
China Strike. Dominic Verrazzanos zweiter Fall
Aus dem Englischen von Werner Löcher-Lawrence
384 Seiten. München 2019